針與糸

小川糸——著
黃筱涵——譯

目次

第一章 週日的靜謐

第二章 母親

第三章 不花錢也能幸福

第四章 我家的滋味

第五章　雙六人生

後記

第一章

週日的靜謐

直覺

追根究柢，開始在柏林生活，是我重視週日的契機。若說拉脫維亞是我靈魂的故鄉，那麼，柏林就是我內心的故鄉。事實上這篇文章就是在柏林撰寫的。

我在二〇〇八年，因為工作的關係待在柏林數天，這就是所謂的契機。當時採訪了柏林現在仍在實際使用的現代集合住宅群，人們自由愉快的日常模樣，令我印象深刻。

其中，一位女性騎著自行車從長坡颯爽而下的畫面，至今仍深深烙印在我的腦海裡。那一瞬間，我感覺到這座城市肯定存在某種事物。那是種直覺般的感受，後來我便頻繁地前往柏林。雖然只是眨眼即過的小事，卻對我的人生造成莫大的影響。

在柏林的生活，讓我體會到度過週日的方法有多麼重要。不只柏林，德國、甚至是整個歐洲，商店幾乎都在週日公休，我最初對此驚訝不已。這裡週日的氛圍接近日本的新年，整座城鎮靜悄悄的，人人待在家中休養生息。基本上，大家的週日都是與親朋好友在家中平靜度過。

只要想像一週會出現一次新年就好懂多了。柏林週日呈現的模樣，與日本完全相反。

我認為這種週日的靜謐非常舒適。確實，店家等都公休了，就沒辦法外出購物，但是有需求的話在週六採購完畢即可。只要事前確實規劃好，就不會有任何不方便的感覺。

不管是父母還是孩子，都會在週日放假，所以每個家庭都能夠平等地享受一家團圓的時光。這已經是柏林根深蒂固的生活型態了。店家在週日公休，乍看之下無法促進經濟，但是我認為從長遠來看這才是比較經濟的做法。

所以從柏林回到日本時，不禁對日本的週日樣態感到困惑。人們會出去玩、到百貨公司購物，然後累得不得了，頂著一張疲憊的臉迎接週一，展開接下來的一週，疲勞完全沒有消除。二十四小時營業的便利商店、開到深夜的超市、週日照常營業的百貨公司與餐廳，確實帶來了方便的生活，但是在這些地方工作的人們與他們的家人，卻失去了週日這個珍貴的假期。大家一起說好在週日休息比較有效率，一整週的生活才會有明確的起伏。

所以我變得非常喜歡週日，忍不住引頸期盼著下一個週日到來。

自己獨有的規則

我在某個週末前往鄰近咖啡廳，發現平常使用的 WiFi 連不上去了。詢問店員後，對方笑著指向黑板，上面寫著「No Wifi On Weekend!」原來，他們刻意在週末關掉了網路。

既然是週末，就別整天盯著電腦或手機螢幕，和朋友聊聊天、看看天空、享用美食吧——店家似乎是想傳遞這樣的訊息。讓我不禁想為溝通方式充滿幽默感的柏林喝采。

我對此感動不已，也震驚發現德國舉國上下都朝著這個方向努力。說明白一點，他們也禁止平日下午六點後與週末寄發商務郵件。我一方面想著，必須如此規定的時代是何時降臨的？另一方面，也對德國以法律明確規範的做法感到欽佩。德國人非常擅長於徹底區分平日與週末。他們在平日勤奮工作，週末就徹底遠離工作。連大眾交通工具也會在週五與週六徹夜運行，讓大家不必擔心怎麼回家，盡情享受夜生活。然後週日就好好地休息，度過寧靜的一天。

於是我也仿效德國人完全區分平日與週末，將週一至週五中午前視為平日，專心工作（也就是寫稿）。週五下午開始則視為週末，會約朋友見面、外食，透過愉快的生活吸收能量。

在這樣的生活規律中，也逐漸建立了自己的規則。

首先，我平常不見客也不會安排行程，只前往步行可達的範圍。與工作相關的會面、採訪、與責任編輯的聚餐一律安排在週五下午，週六是我的私人時間，會去看電影、和外子出外用餐，或是招待朋友來家裡吃飯。週日基本上會在家中度過，讓身體好好休息，才能夠舒服迎接下一週。

建立起自己的規則後，事情就會運作得很順利。在公司上班或是忙於育兒的話，也許很難依自己的想法安排生活。但是，只要在能力所及的範圍內制定自己的規則，像是週末絕不理會工作上的聯繫等，或許就能夠活得比原本自在。

做人愈勉強自己，就會造成愈多負面影響，所以我秉持著盡量不勉強自己的信念過日子。

不必到遠方

我在柏林的公寓附近有間很好吃的麵包店，也就是所謂「當地人在吃的麵包店」。營業時間是週一至週五的早上七點至傍晚七點，週六則是早上七點至下午三點，週日公休。從沉甸甸的德國麵包到三明治、甜麵包等都任君挑選，總是門庭若市。我曾在早上去店裡時遇到麵包出爐，頓時感受到至高無上的幸福。

麵包店隔壁，是販售美味香腸與火腿的店，每次店門一開，就會散發出溫暖的煙燻香氣。店裡的商品幾乎都是秤斤論兩販售，需要多少就切多少。生火腿與義大利臘腸的厚度也可以隨需求調整，讓客人得以視用途決定。

我經常在這裡買培根，並請店家切得跟紙一樣薄。

有時，外子進店裡採購時，我會牽著愛犬在外面等，這時店家就會招呼我進店，請我試吃火腿，充滿了人情味。

這一帶也有花店。光是我隨便一想就有三間，其中我最常去的卻不是最時髦的，女店主也相當冷淡；這間店缺乏時尚感，樸素卻相當實在，毫無巧思地擺著各種優質的花。我的目標是總有一天能用德文與這位冷淡的女店主閒話家常。

花店旁，是廚房用品專賣店與文具用品店。

基本上這些店就足以供應我的生活所需，不必特地跑到大老遠，只要在家附近就能買完所有東西，真的很棒。此外，這一帶也有美味的蛋糕店與冰淇淋店。

想吃魚的日子，附近廣場有一週僅有一次的市集，我會直接去那邊享用碳烤魚料理。德國名為「imbiss」的攤商文化盛行，裡面有販售香腸等的攤販，不僅能夠輕鬆以便宜的價格買到，滋味也相當優秀。每逢春天還會有可愛草莓造型的甜點或專賣草莓的攤販出現。

這裡當然也有大型超市，但是仍保有豐富的個體戶小店，兩者和平共存。因為我都是買自己要吃的東西，所以會盡量從個體戶小店選購，吃起來安心，也比較容易買到優質的商品。

但是，無論是多麼大型的超市，還是會在週日公休。雖然有些咖啡廳與亞洲風餐廳會在週日營業，但基本上是公休日。在這個大家說好要放假的週日裡，總是流淌著悠閒宜人的氣息。

手寫字

週日早上，我在附近咖啡廳邊喝卡布奇諾邊讀著讀者寄來的信。《山茶花文具店》發行至今，仍有許多讀者會寫信給我。

閱讀信件時我不禁思考：「有多少人存在，就有多少種字跡呢！」就算是同一個人的字跡，也會隨著身心狀況時時刻刻變化，光是早午晚這三個時段寫出來的字，就會出現些微的差異。年輕時的字跡與年齡增長後的字跡，差異也會大到彷彿不同人所寫的。字跡，或許就像會表現一生起伏的指紋。

國小低年級的時候，會握緊鉛筆，一個字、一個字仔細寫好。我還記得右手中指抵住筆桿的部位會凹陷，而凹陷處的皮膚會特別光滑。但是，不知不覺間，凹陷處消失了。最近就連手握鉛筆這件事情本身都相當稀有，頂多就是選舉的時候吧？所以每次收到手寫信時，就會格外開心。

我自己很喜歡書信往來，算是很頻繁寫信的人了，不過，近來很多事情光憑電子郵件就能解決。

電子郵件確實非常方便。但是電子郵件從寄發的瞬間開始，就會進入等待回信的狀態，心靈無法平靜。因為一天二十四小時只要連上網路，無論身在何處，都能夠收發電子郵件。

身處這樣的時代，更是讓我感受到手寫信的美好。依照寄信的對象，選擇適當的信紙與文具都是一大樂事，猶豫著要貼什麼樣的郵票，更是手寫信的醍醐味。

接著，親自將信件投入郵筒，像接力棒般一個人接著一個人地傳遞到對方的收件信箱。因為不知道對方什麼時候會收到信，自然也不知道對方何時會讀信，更別說什麼時候會收到回信了；或許根本不會有回信。這種曖昧感其實很棒。

手寫書信的中間手續多又費時間，但是這許多的「間」，卻形成了喘息空間。

拆開信封的瞬間，對方散發出的氣息就會裊裊升起，我喜歡這一瞬間喜歡得不得了。

透過用心寫下的每一個文字與用字遣詞，想像對方的個性又是一大樂趣。從時代變遷的角度來看，手寫信或許非常缺乏效率，但是一想到手寫信的習慣正慢慢從世界上消失，就覺得無趣寂寥。

從堆積如山的廣告信函中，發現一封手寫收件地址的信時，任誰都會感到雀躍吧？

鄰居託收的包裹

我在柏林偶爾會幫鄰居收貨。宅配員送貨時若發現收件人不在，會在同一棟公寓另覓在家的人，請對方代收後離開。當然，宅配員會將這件事寫在紙條上，貼在收件人的玄關大門。收件人看到紙條後，就會前往代收者的家取回包裹。

我也曾有過這樣的經驗，日本寄來的校樣（印有原稿的東西）在我不在家時寄到了，正懷疑到底是寄到哪裡的時候，同公寓的住戶卻擇日特意幫我送來。

這種事情對以前的日本來說，或許也是件尋常小事，但是現在根本不可能這麼做。這是彼此間缺乏信賴關係時不可能成立的機制。

如果堅持只能由當事人收貨的話，宅配員隔天又得重跑一趟公寓，平白浪費勞動力。只要鄰居們在能力所及的範圍內互相幫助，就能夠減輕宅配員的負擔。所以我個人認為，這點程度的隨性也不壞。

日本的宅配機制確實很厲害，能夠指定相當精準的時間，並準時送達。只要稍微查一下，就能知道自己寄出的貨物運送到哪裡，食品等也能輕易以冷藏或冷凍配送。日本的宅配機制，可以說是傲視全球的絕佳服務。

我住在東京的時候，幾乎每天都要收貨。坦白說，我由衷感謝日本的宅配服務，沉重的物品不用自己搬，購物也可以輕鬆完成。因此我的生活非常依賴宅配。

但是，為我運送貨物的業者似乎非常辛苦，手機響個不停，整天追著時間跑。最慘烈的是過年前後，大家都放鬆過節的時候，宅配業者卻得四處奔走，送貨至深夜。

雖然想著：「至少除夕與元旦也該讓宅配業者休息一下吧？」但是現

在可不是這麼天真的時代了。我自己也藉宅配省了許多麻煩，說出這樣的話或許是在自打嘴巴。

不過，已經住在德國很久的日籍友人，卻反駁了我這樣的想法。朋友認為既然是寄給自己的貨物，宅配就必須負起責任送到正確的地址。

而且，有些宅配員會因為貨物太重，根本連收件者的門鈴都沒按，就直接請樓下住戶代收了……

究竟哪一邊比較好呢？坦白說，我現在還想不通。

自由與義務

每當說到我帶狗一起去柏林時，大部分的人都會瞪大雙眼，且必定詢問：「狗狗可以搭飛機嗎？」

或許很少人知道，歐美航空公司是能夠將犬貓等寵物帶進機內的，當然籠子的尺寸與重量都有所限制，並非無論多大的寵物都能帶上機。以二〇一七年夏天，我所搭乘的漢莎航空來說，只要籠子尺寸在55×40×23公分以內，籠子與寵物的總重量沒有超過8公斤，就可以視同隨身行李，與飼主一同待在客艙。日本與德國間狗狗的運費，單程約為一萬日幣。

待在客艙時，籠子必須放在前面座位下方，抵達機場前不得取出。飛行中沒有餵食，僅以水沾溼鼻子。

或許出發前有練習過長時間待在籠子裡的關係，再加上愛犬本來個性就比較大而化之，所以飛行途中沒有特別躁動。寵物出入境的文件準備非常繁瑣，而無論狗狗看起來多麼平靜，飛行肯定還是會對牠的身體造成負擔。所以有些人認為，讓狗狗搭乘長途飛機只是飼主的自我滿足。但是我回到日本後，還是覺得應該帶愛犬一起去。

柏林是對狗相當友善的城市。不必將狗狗關進籠內，就能直接牽進巴士或電車上，而且也能和主人一起進入大部分的咖啡廳與餐廳。當然，柏林的狗狗與飼主都必須經過紮實的訓練，學會維護這個制度必備的禮儀。正因為人狗都擁有良好的教養，才能夠保障狗狗的權利吧？這番經驗可以說是我在這個夏天最大的收穫。

我在某個週末帶愛犬前往郊外森林。據說柏林的飼主們每逢週末就會聚集在此地，遼闊的森林深處有座湖，人狗都能夠在湖畔享受豐富的休閒時光，因此備受推崇。

有些人在樹蔭下午睡，有些人和愛犬一起跳進湖中玩樂，大部分的狗狗都沒有繫牽繩，盡情地與合得來的狗同伴玩耍。每隻狗狗都笑容燦爛，這裡簡直就是狗狗的天堂。

或許柏林人認為平日都讓狗狗遵守人類的規則，週末就應讓牠們恢復本性，盡情發洩平日的壓力。這種週末與平日的生活起伏，果然充滿德式作風！可說是非常巧妙地掌握了自由與義務間的平衡。

待在柏林的期間，我無數次浮現「日本也有如此環境就好了」的想法。我夢想著總有一天，也能不用將愛犬關進籠子裡，習以為常地牽上日本的電車。

遠大的目標

我已有數度長時間居住柏林的經驗，卻完全沒感受過語言的隔閡。因為語言不通也很愉快，而且僅使用片段英文也相當足夠，所以幾乎沒有傷腦筋的地方。

這個局面在二〇一六年的夏天發生了變化，契機是我第一次帶愛犬去德國。

牽著愛犬散步時經常有人搭話，通常都是些很簡單的內容，我猜大概是「幾歲了？」「男生嗎？還是女生？」或是「牠叫什麼名字呢？」但，現實是我連如此簡單的問題也回答不了，對話往往停留在這裡，只能傻在當場。如果我懂得簡單的德文對話，世界就會更遼闊，也能結交到更多朋友……當我注意到這個事實時，已經完全被擋在語言之牆外。

這是我第一次在柏林感受到孤獨，不過也是花了相當久的時間，才遇到如此情況。

我有兩個選項。其一是乾脆別再待在柏林了，其二是認真學會德文，加深與柏林的關係。換句話說，前者是內向防衛的態度，後者是外向積極的態度。所以，該怎麼做呢？經過一番苦思，我選擇了積極。也就是說，我決定踏上較困難的這一條路。

於是我在四十多歲時制定了遠大的目標。在此之前，我完全不曉得自己該在哪裡、過著什麼樣的生活，僅想著在人生某個時期離開日本生活也不錯吧？如此一來，就能夠更客觀地看待日本，注意到原以為理所當然而沒留心的美好之處。我不想一輩子僅是個寫小說的人，我想要獲得身為一個人生存下去的力量，或者該說，我想成為一個有深度的人。

我為了學習德文，開始前往語言學校。儘管如此，我仍得先學會數字、背單字、學會正確的發音。看在德文母語人士眼裡，我還只是一歲小兒的程度，或是還在連一歲小兒都不如的程度徬徨著。眼前的學習之路長無止盡，看不見終點。儘管如此，我也只能一步步往前吧？

德文課的時間是平日早上八點半至下午一點，安排得相當密集。途中肚子餓就沒辦法專心學習，因此早上時間充裕的話，我會備好便當去上課。

光是昨天還看不懂的店門貼紙，今天終於能看懂意思了，就令我歡喜得想要跳起來。

BÄCKEREI
Traditionelles
Bäcker
Handwerk

德文課

我已經好幾年，不，好幾十年沒有邊走路邊翻開筆記本讀書了。簡直就像國中或高中考試前一樣。但是，不這樣學習的話，就完全跟不上課程進度。我得拚命預習與複習，才好不容易理解「現在學習的內容」。當然，課程從一開始就是以德文進行的。

班上的同學來自世界各國，包括委內瑞拉、墨西哥、巴西、祕魯、美國、亞塞拜然、土耳其、白俄羅斯、義大利、日本等。職業也五花八門，有學生、音樂人、未來的醫生、心理學家、記者、建築師，範圍相當廣泛。大家都是基於某種目的，努力學習德文。

老師是位非常溫柔的女性。我經常聽見語言學校老師令人失望的傳聞，就這方面來說，我非常幸運。這位老師並非單純照著教科書教課，而是經過深思熟慮，努力讓德文活靈活現地滲透進我們的腦海裡。由於課程是早上八點半至下午一點，一開始我非常擔心自己是否能保持專注，幸好課堂上不僅僅是靜靜坐在椅子上聽課而已，所以時間出乎意料地一眨眼就過了。

八點半開始上課九十分鐘後，會有長達三十分鐘的休息時間，接著再上九十分鐘的課後，會進入比較短的十五分鐘休息時間。最後再上完四十五分鐘的課，一天的課程就宣告結束。從週一到週五，每天都是這樣的安排。

如果能夠俯瞰自己上課的模樣，應該會很好笑吧？畢竟我們做的事情，幾乎與幼稚園相同。都是年紀一大把的成年人了，卻以簡單的德文自報姓名、詢問彼此的興趣等。

有時候會兩人一組，一個人拿到小袋軟糖，另一個人去教室外頭等待。教室內的人要將軟糖藏在教室某處，另一個人必須以德文提問，找出藏著軟糖的位置。乍看像在玩遊戲，卻能夠透過演練，理解實際上的表達方式。

許多人都說德文很困難。確實如此。我至今仍搞不清楚德文到底是合理，還是不合理？以我個人的感覺，德文就像非常難解的數學題。或許理解定理後就能夠順利解開，但是在這之前只能一頭霧水。然而，承認困難的話就會覺得更困難，所以我現在會刻意洗腦自己：

「德文簡單得很。」

狗狗的打招呼

聽到我這段話的人或許會感到震驚，不過，德國狗狗與日本狗狗打招呼的方式其實不同。因此，我家的愛犬百合根，也曾因其中的差異感而到困惑。

簡單來說，德國人走在路上時幾乎不會讓狗狗們彼此打招呼。這對飼主與狗狗來說都是常識，所以狗狗擦身而過時，除非彼此距離非常接近，否則不會互聞氣味，而是若無其事地直接通過。

日本飼主發現附近有狗狗時，雙方都會讓狗狗彼此接近打招呼。當然實際情況仍因飼主與狗狗的個性而異，但是以我來說，感受到對方飼主與狗狗的友善氛圍時，就會停下腳步讓狗狗們互動。百合根很喜歡狗，所以我會盡量讓牠與其他狗狗互動。所以，當百合根看到對向有狗狗走來時，就會很開心地靠近。有時候雙方飼主也會聊起來。這種情況在德國很少見。因此，百合根好像因為和同類互動不足，累積了不少壓力。但是仔細思考會發現，讓狗狗們在路邊嬉鬧非常危險。有時會造成路人的困擾，有時會有自行車從後方接近。我想德國恐怕就是基於這些理由，才避免讓狗狗們走在路上時互相打招呼。但是一直維持這種作法，狗狗的壓力會很大。因此，德國人會帶愛犬去公園草皮或是寵物公園等場所，解開牽繩，讓牠們與同類盡情玩耍。狗狗們在玩的時候，人類不會介入，刻意讓狗狗以自己的方式打鬧。像這樣明確區分出ON與OFF的風格，真的非常德國。

我無意比較哪一種較好，單純是兩國思維不同罷了。但是這種差異對百合根來說卻非常麻煩，無法理解兩地規矩的差異。

二〇一六年夏天從柏林回到東京時，百合根就像苦於語言隔閡的歸國子女般，有段時間說要散步也不肯邁開步伐。畢竟百合根好不容易才適應德式規矩而已吧？我沒想到環境差異會對狗狗造成這麼大的影響，嚇了一跳。百合根用那小小的身體，敏感地察覺到環境的變化。日本與德國，哪一邊比較適合百合根呢？雖然日本有豐富優質的寵物尿布墊、狗衣服等，但是德國的狗食品質更好。我發現這樣的差異，也展現出人類看待狗狗的方式。

有趣的是，在德國養狗是要繳稅的，所以稅務署能夠掌握寵物狗的數量。看來德國，連養狗這件事情，都清楚區分了義務與權利。

平日的獎勵

週一到週五我都要去語言學校上課，每天真的過得飛快，轉眼間一週過了、一個月也結束了。原先總是聽著喜歡的音樂悠閒用餐，如今這樣的生活猶如幻夢。現在別說聽音樂的餘裕了，我連自己做飯都很難辦到。總之，整天忙著預習複習，完全沒有時間。我深刻感受到如果有洗碗的工夫，不如多背一點單字。

但是長時間維持這樣的生活，就會覺得日子太過單調。因此，我一整週會按照週一二三等日子獎勵自己。

首先是週一。週一是一星期的起始，接下來必須連續上課五天，所以會藉甜食補充能量。因此週一是蛋糕日。我原本的蛋糕日是週日，但是週日還有許多其他事物可以享受，所以決定挪到週一。我每週一下課後就會到喜歡的店，吃完喜歡的蛋糕後再回家。

週二是溫泉日。話雖如此，卻不是實際去泡溫泉，只是在自家浴缸裝滿熱水，溶開黏土（泥）後享受泡溫泉般的心情。這種黏土是住在柏林的日本友人介紹的，真的很好用，能夠享受與日本溫泉相同的樂趣。長期待在海外就會懷念日本溫泉懷念得不得了，但是有了這種黏土，就算身在柏林仍可享受泡溫泉的樂趣。雖然平常沒辦法花時間慢慢享受溫泉，但是至少一週要悠閒泡澡一次，犒賞一下自己的身體。我稱其為「柏林溫泉」。

週三傍晚會去上瑜珈課。其實不過就是去隔壁公寓而已，走過中庭就到了。我一直想嘗試瑜珈，就尋覓著鄰近的瑜珈教室，但是沒想過竟然這麼近。瑜珈課上使用的是英文，所以可以順便進修英文，可謂一石二鳥。

週四會預約每週固定做的泰式按摩。柏林有許多泰國人，我找的這位按摩師同樣是從泰國來的，個性相當開朗。再努力一天就迎來週末了，所以療癒一週疲憊的計畫就到週四為止。

接著是引頸期盼的週五。一整週的課程在週五下午一點畫上句點，能夠體會到至高無上的解放感。讓人不禁想大聲吶喊萬歲。

週五是吃魚的日子。如前所述，每週五附近廣場上的市集，會有家碳烤鮮魚的攤販，所以我會前去盡情享用魚料理。只要想到在戶外品酒吃魚這麼棒的犒賞時光，我就能夠努力撐過一整週的課程。

森林散步

上一回寫了度過平日的方法，接下來要談談週末。

我在週六早晨會比平常更悠閒起床。平日會在鬧鐘鈴聲中醒來，所以週末要好好補眠。

起床後首先靜靜喝杯茶，然後在上午工作。我在平日完全專注於德文的學習，所以將寫稿或確認校樣的工作集中在週六。

週六下午沒有固定行程。有時會和朋友聚餐，有時會外出購物，全憑當天的天氣與心情決定。跟不上德文課的進度時，我會在週六下午去學校圖書館加強學習，但是基本上會盡量避免。

晚上會在家裡做飯，站在廚房徹底發洩平日的鬱悶。如果不在週六一口氣做好常備菜，接下來就會沒有東西吃。我連味噌湯都沒辦法每餐準備，所以會一口氣熬好高湯並溶開味噌後存放。之後要吃的時候再加點蔬菜就行了。

白飯也會一口氣煮好捏成飯糰，用保鮮膜一顆顆包好後冷凍。如此一來，想吃的時候用烤箱加熱就能夠完成烤飯糰。另外還會先醃好白菜或蕪菁。我在柏林自行培養了糠床，所以也會一口氣做好糠漬物。烹飪，是消除壓力最好的方法。

週日是帶百合根到森林的日子。〈自由與義務〉一文中也有提及這座位在柏林西南側的遼闊森林「格魯訥瓦爾德」，森林裡分布著許多湖泊，能夠讓狗狗們在湖畔自由玩耍。對柏林的狗飼主來說，這座森林與湖泊簡直是天堂，每逢週末都會舉家帶狗前往。

我也迷上了週日的森林散步。尤其是早晨的森林格外清朗，鳥鳴聲從四面八方傳來，非常舒服。我開始去語言學校後，感受到百合根長時間看家累積了不少壓力，週日的森林散步對我、對百合根來說，都能夠大大地轉換心情。我會解開百合根的牽繩，讓牠盡情奔跑、與其他狗狗玩耍。

森林散步的最後就以啤酒收場。森林裡有餐廳，能夠在戶外樹蔭下喝杯啤酒，是眼下最大的幸福。我的週末就這樣飛快地過去了。

雖然週六與週日的行程有時會視天氣對調，但是這基本上就是我度過週末的方法。為了下週也能夠在森林享用美味啤酒，就會覺得這一週得好好努力了。

午後的撲克牌

開始學習德文後，我發現德文中與休息有關的詞彙相當豐富。尤其是意思為休假的「Urlaub」，是非常初期記下的單字。

聽說，德國一年的帶薪假平均有三十天。這些帶薪假與病假等分別計算，單純是讓人休息用的。所以就算上班族一口氣請假一個月，也是稀鬆平常。

德文學校亦是，暑假開始換另一個老師教學，也不是什麼罕見的事情。休息的時候就休息，工作的時候就工作。想要勤奮工作就必須好好休息，從結果來看這麼做更有效率吧？我個人想為這種有起伏的德式工作態度投下一票。

日本夏天一年比一年難熬。早上出門上班時就已經汗流浹背，光是這樣就消耗了不少體力。夜間又因為氣溫降不下來而難以成眠。所以疲憊感會一直累積。在這種情況下，索性別強行前往公司，改成在家工作或是直接請假休息比較合理，但是或許日本也有無法輕易仿效德式工作態度的隱情。

我很常聽說待在公司時間的長短，不是德國評價工作表現的要素。而且別說加分了，很有可能變成扣分的要素，所以假日上班或加班對他們來說，基本上是不可能發生的事情。德國人著眼於如何有效率地在工作時間內完成任務，工作完成後的時間就屬於私人，因此，不會下班後還跟公司同事去喝酒等。確實，我幾乎沒看過這樣的人。

週末很常看到與孩子走在路上的父親。也很常見到同為爸爸的男性們推著嬰兒車、抱著嬰兒一起外出。日本參與育兒的男性也慢慢增加中，但是以我個人的感覺，還是德國男性比較積極。德國男性能夠如此的一大因素，就是週末擁有確實的私人時間。

前幾天在咖啡廳喝茶時，有對父子坐在鄰座。父親年近六十，兒子則年近二十，兩人一直很愉快地打著牌。那是週日下午的事情。而我也意識到這景色在日本相當罕見。

在德國時經常覺得，德國父親在孩子生活中所佔的比重比日本大。或許從孩提時就經常與父親相處的話，自然能夠演變成如此的親子關係。這是多麼棒的親子啊。

拉脫維亞之旅

我在週末去了趟拉脫維亞。要說拉脫維亞是我目前最喜愛的國家，一點也不誇張。我至今去過了三次拉脫維亞，每次都是為了工作採訪，所以會有口譯跟著或是專車接送，享受無微不至的照顧。

但是，我不經意浮現了疑問：「以一般觀光客的身分前往，也會很有趣嗎？」因此就約沒去過拉脫維亞的外子一起前往。這次預訂的飯店位在里加的舊市街。這間麻雀雖小、五臟俱全的飯店就在大教堂旁，我從以前就躍躍欲試。

這趟旅行的最大目的就是放鬆身心。或許是年齡的關係，我決定不再貪心地什麼都想嘗試或是到處跑了。都已經外出旅行了，如果還是很疲憊就沒有意義。正因為是旅行，我特意穿著平常慣穿的好走鞋子，以及平常慣穿的服裝。在城市裡散步時會控制在不累的程度，也會去餐廳享用美食。這讓我深刻體會到行程不要塞滿，留一點空白真的比較剛好。

我其實不太「觀光」的，無論去哪裡都一樣。順道一提，我也不拍所謂的紀念照。遇見美麗景致時會想拍照紀念，但不會讓自己的身影出現在其中。

這次旅行中唯一想買的東西，就是拉脫維亞的香腸與培根。我原以為德國是肉類加工食品的大本營，結果不是。邂逅了拉脫維亞的香腸與培根之後，我的想法就改變了。總而言之，這些食物雖然是為了保存才經過紮實的煙燻，但是煙燻技術實在令人驚艷，擁有他國品嘗不到的獨特滋味。而且從以前就使用相同的製法，是拉脫維亞頗具代表性的食品。詢問拉脫維亞人喜歡吃什麼時，通常會得到香腸與培根這組答案。

若去市場的話，會看見許多販售煙燻加工食品的店家，由於都是以大塊肉燻製的，每一份都非常大，當然也非常沉重。拉脫維亞人習以為常的一塊培根，就重達5公斤。香腸也跟成人的手臂差不多長，因此在這裡買一根香腸就重達3公斤。我順利買到香腸與培根後，這趟旅行的目的就差不多完成了。

週日，我們去了趟尤格拉斯湖畔的野外民族博物館。這裡有遼闊的松樹林，從拉脫維亞全境移建過來的古老民宅分布各處，是市民的遊憩場所，夏季很適合在森林散步，冬季則可以享受滑雪與冰上釣魚。這天是麵包節，所以嘗到了現烤的樸素黑麵包。我們享受了絲毫不必注意時間的健行，可以說是悠閒至極的週日。

在格魯訥瓦爾德的車站

某個週末，我在格魯訥瓦爾德的車站下車，從月台走下階梯時聽見了小號的聲音。前面提到，格魯訥瓦爾德是遛狗的絕佳場所，位在柏林的西南側。我牽著愛犬走著，小號的聲音愈來愈明顯。但是卻沒看見任何演奏者。

那是首連我都知道的名曲。雖然身為外行人分不清技巧好壞，但是那略帶笨拙的感覺，反而賦予其哀愁氣息。我聆聽著樂曲不禁想像著，演奏者應該是位黑人大叔吧？

朝著車站出口行進，我看見一小群人聚集，樂音從中流淌出來。出乎意料的，吹奏小號的竟是位少年。外表看起來約十歲、十一歲，裝扮正式而不馬虎，少年身前擺著投錢用的箱子，箱中已經累積了為數不少的硬幣。

事實上，這樣的景色並不罕見，我以前也曾見過女孩在路上演奏小提琴。女孩輕巧地操控著樂器，毫無悲壯感或緊繃感，或許只是賺點零用錢罷了。每次提到這些事情，日本人多半會瞪大雙眼，確實這是在日本看不見的景象。

另外還有一件類似的事情。前些日子我在家附近散步時，看見孩童們在自家門口鋪設墊子，販售不再需要的玩具與玩偶等。賣家是孩童，買家也是孩童。他們不會因為不需要而隨便丟棄，而是負起責任，找到接手的人。就算交易金額很小，還是有實際的金錢交流。個人認為這是相當棒的事情。

無論是路邊演奏還是跳蚤市場，都讓德國人從小培養金錢觀，這種類似工作的體驗，對孩子的獨立過程會帶來莫大的助益吧？對了，那首總是在我腦中盤旋的小號樂曲，正是喬治・賓所創作的《Mas que nada》。

離格魯訥瓦爾德車站一段距離的地方，有座已經不再使用的貨運專用十七號月台。第二次世界大戰中，許多猶太人就從這座月台搭上專車，被送往集中營。曾經鋪設鐵軌的地方，以鐵板記錄了何時送了多少名猶太人前往何處的集中營。就連大屠殺這種負面文化遺產，都保留在生活中觸目可及的場所，由大人傳承給孩子們。

這在日本或許也是很難看見的景色。

大人的遠足

施普雷河森林是德國與波蘭邊境附近的遼闊森林。流經柏林中心的施普雷河化為水路，遍及整座森林。我聽說搭著一種叫做舢舨船（Kahn）的小船巡覽這些水路相當有趣，週末便與友人前往。

我們一行五人，除了我們夫婦倆，還有在語言學校認識的日本人夫婦與趁夏季假期來玩的責任編輯，各個都是不折不扣的大人了。

前往施普雷河森林的主要車站是呂貝瑙站，從柏林出發的直達車車程約一小時出頭，以一日旅行來說是剛剛好的距離。這座森林是在德國人之間頗受歡迎的觀光景點，但是日本介紹到的頻率卻不及它的人氣，可以說是當地人才知道的好地方。

我們在電車上迅速吃了飯糰。我在出發前的早上煮飯，依人數捏成飯糰，餡料是外子在日本烤好帶來的鹹鮭魚，我將鮭魚撕成絲後與芝麻、佃煮蜂斗菜、白飯拌在一起，捏成方便食用的小飯糰後，分別用保鮮膜包起以便隨時食用。

遺憾的是，這天的天候不佳，窗外飄著小雨。但是，我們事前已經說好至少先去到呂貝瑙車站，到時候若雨太大再折返就好了。能夠這麼輕鬆看待，有一部分也是因為交通費很便宜。我們買了柏林與布蘭登堡邦的不限次數一日乘車券，一張三十一歐元，最多可供五人搭乘。也就是說，平均一人來回只要六歐元（約兩百元台幣）多一些。德國有許多像這樣的划算票券。

呂貝瑙站的站名也標明了波蘭文。這一帶住了許多斯拉夫語系的少數民族——索布人，在德國境內以獨自的語言與文化生活著。因此，儘管只是一小時的車程距離，景色卻與柏林截然不同，令人訝然。簡直就是跨國旅行的程度。

在碼頭搭上舢舨船後，終於要出發了。舢舨船是由船夫撐竿推進，沒有多餘的介紹，是趟能夠沉浸於靜謐的遊船之旅。我們努力接受了這樣的天氣，乘著船開始享受舒服的森林浴，聆聽鳥兒的婉轉歌聲與水邊聲響，放慢了呼吸速度。這股寂靜與清爽，是在柏林體驗不到的。途中有將近一小時的休息時間，所以我們到餐廳享用午餐。施普雷河森林的名產是醋漬黃瓜，所以便點來分食了。沒想到只搭一個小時的電車，就能夠享有這麼愉快的時光！

如此浸潤身心的大人版遠足，實在是相當風雅。

聖誕市集

這是我第一次在德國過冬。當然也是第一次在這裡過聖誕節，簡直就像觀光一樣逛遍了各大市集。

德國聖誕市集從十一月尾聲開始，一直營業到聖誕節左右。有些市集在這段時間天天都有得逛，有些只有週末營業。有些市集就連這一年一度的盛會也只營業兩天，因此，制訂這段期間的市集巡禮計畫就格外愉快。

但是，必須特別留意天氣。這段期間經常下雨，寒冷倒還可以努力撐過去，下雨可就難過了。我總覺得既然要下雨，不如下雪，但是有很大的可能性是天不從人願，千里迢迢跑到市集卻溼淋淋地敗興而歸。

或許大家都有志一同，所以只要哪天是極適合逛聖誕市集的晴天，那天的市集就會熱鬧滾滾。不管是販售傳統木作玩具的店、販售毛衣、手套與帽子等防寒用品的店、熱愛打掃的德國人特有的掃具專賣店等，全都聚集了人潮。

向來務實的德國人，在這個時期會比較願意花錢，各個都歡歡喜喜地購物。他們多半都手執著馬克杯，裡面裝著調成甜味的熱葡萄酒「德式熱甜酒（Glühwein）」。

孩子們最期待的就是行動遊樂園。旋轉木馬、彈跳床與射擊等設施都有著復古樸素的作工，不僅令人懷念，還散發出獨特的韻味。

當然，市集裡也有豐富的美食攤販，除了香腸外還有披薩、漢堡、湯品等五花八門的食物。我前幾天去了鄰近的聖誕市集，裡面還有日籍情侶現炸可樂餅販售，勾起我想吃的衝動，買來後就當場開動，心情有如站在日本商店街的肉舖前現買現吃。可樂餅在德國人之間也很受歡迎。

每天逛著不同的聖誕市集時，總覺得氣氛有點熟悉，途中才意識到，這與日本的廟會非常相似。儘管分屬東西洋文化，卻同樣飄散著樸素的舊時情懷，並帶點非日常的氣息。如同日本廟會適合夜晚，夜空下的德國聖誕市集也美麗非凡。天色在下午三點半就已經開始昏暗，而這也是讓大家愉快度過長夜的最佳活動。選在一年中白日最短的寒冷時期，慶祝耶穌誕生，可以說是非常聰明的決定。

柏林的跨年夜

日本不知道從何時開始，過年的場面不像以前那麼盛大了。孩提時代的店家幾乎都從元旦休到三日，一月四日才是新年的第一天開張。現在不只很多店家元旦就營業了，整體氛圍也與一般週末無異。

德國雖然不能一概而論，但是十二月中旬過後，整座城市變得相當寧靜。許多企業開始放假，孩子的學校也進入寒假，或許是很多人返鄉的關係，連電車等都顯得空蕩蕩的。人們不由自主地放慢步調，絲毫不像日本十二月那般忙碌繁雜。

聖誕節對西方人來說是非常特別的節日，這是我一直都知道的常識，但實際身處其中，才知道他們重視的程度遠超過我的想像。聖誕節，就是要與家人一起平靜度過的節日。

回首自己的孩提時代，聖誕節最期待的就是聖誕蛋糕了。和家人討論今年要買哪間西點店的蛋糕，並在聖誕節當天一起分切巨大的蛋糕享用，相當愉快。這股風氣至今未變，聖誕節將近時，每間店都會推出各具風格的精緻聖誕蛋糕，受理預購。

曾以為這樣的景色才是理所當然的我，想起這個日本習俗後開始尋覓蛋糕店，沒想到德國根本沒有所謂的聖誕蛋糕。

德國的傳統聖誕麵包史多倫，確實從十二月開始會陸續登場，但是卻不像日本那樣舉國搶購。順道一提，我實際品嘗後發現史多倫與年輪蛋糕一樣，現在已經是日本製作的比較好吃，讓我不禁佩服日本人對學習的熱情。

聖誕節真的很寧靜。整座城市籠罩在靜謐當中，滿盈著清新的空氣。讓我感受到人們正與家人一起度過溫馨時光，我也從中獲得不少益處。但是問題在於跨年夜，尤其柏林的跨年夜更不是普通程度的喧囂，到處都施放著煙火，煙火聲響徹整夜。

德國一年中只有這個時期開放購買煙火，因此，人們會從自宅陽台等地方盡情施放。整座城市吵鬧到讓我覺得踏出家門會有危險，真是敗給他們了。而且新年一早，街上的垃圾堆積如山。

對於聖誕節與新年都追求寧靜的我來說，究竟該怎麼辦才好呢？

第二章　母親

玉子燒

母親是個對料理非常沒興趣的人。通常幾乎都是祖母負責做飯，不過，母親還是會每天為先生和孩子們做便當，假日則會用大鍋煮麵之類的。在忙碌生活中，能夠不耗費太多時間、快速準備好的料理正是母親的絕活。

母親雖然稱不上擅長煮飯，她的玉子燒卻非常厲害。以長年使用的平底鍋煎出來的蛋，滋味甘甜，口感鬆軟。我至今仍煎不出那樣的玉子燒，恐怕窮盡一生也做不出來。

當時幾乎每天的便當都有玉子燒。早上起床時，會看見母親正在廚房煎玉子燒，接著將熱騰騰的蛋擺在砧板上，用菜刀切開。我非常喜歡切好後會出現在玉子燒兩端的「邊端」，總是忍不住從後方伸手偷拿，不知被母親罵了多少次。

母親總是會將左右的「邊端」放進小盤子，和我的早餐配菜擺在一起。中午吃便當時玉子燒已經涼掉了，但是早餐吃的「邊端」還暖呼呼的，相當柔軟。全家只有我能夠吃到「邊端」，讓我揚揚得意。

有件現在想起來仍覺得自己很過分的事情——高中時，我和母親吵架，覺得母親實在太不講道理了，一怒之下就當著她的面，將她為我做的便當丟進垃圾桶。雖然事後深深反省過了，但現在想起這件事，仍苦悶地覺得當時的自己實在太過分了。

我從懂事開始就進入了叛逆期，將眼前的母親當成負面教材，決定自己「絕對不要這樣」的最佳範本就是她。當時的我真的很討厭母親。如果我有小孩，而小孩這麼討厭我的話，我肯定活不下去。我對母親的厭惡，強烈到我可以肯定如果我是她的話，一定無法忍受。

前幾天我走在自家附近時，看見同公寓的住戶牽著女兒的手散步。對方年齡和我差不多吧？平常如果在路上遇見對方肯定會打招呼，但是當時對方正與女兒一起唱歌，沒有注意到擦身而過的我。母女牽著手走著，看起來真的很開心。

我也曾有過對母親展現如此天真笑容的時期吧？至少我希望曾經有過，忍不住深深祈禱。既然我從懂事開始就進入叛逆期，那麼，希望在我懂事之前，也曾那樣凝視著母親，也曾為母親帶來慶幸生下我這個孩子的幸福時光。

雖然不記得懂事前的事情，仍不禁懷著這一絲期望。

香頌

儘管東京的天空那麼晴朗，進入通往米澤的山路後，放眼望去就全是雪景。沒完沒了的雪，不斷地從天空降落，就好像拚命地想幫我抹除過去的錯誤與汙點。

我這一趟，是要去老家所在的山形探望母親。或許這也是我們最後一次見面了。基於某些因素，我與雙親幾乎沒再聯繫。那是個讓我不得不這麼做的狀況。直到母親發現罹癌，才打破了這長達數年的沉默。

家父也罹患了輕度的失智症。

母親住進了當初生下我的醫院。發現時已是末期，也轉移到其他部位了，何時倒下都不奇怪。我往病房內輕輕窺視，看見母親躺在床上。

她看見我後瞪大了雙眼，彷彿在問：「怎麼了？」最近連母親也出現了失智症狀。

母親的人生，真是波瀾萬丈的一生。

她曾斬釘截鐵地對年幼的我說，活著需要的不是愛，是錢。每年聖誕節都會將一萬日幣的鈔票放進禮金袋交給我。

我對這樣的母親相當反感，將她的言行舉止視為負面教材。母親的感情起伏劇烈，認為自己說的才是真理，而她今天說的卻與昨天完全相反。母親一旦打開憤怒開關，就無法克制自己的情緒，會對小孩施加暴力。我總是咬牙忍耐她的不講理，而我的叛逆精神就如字面上的意思，是被母親敲打出來的。

這樣的母親，現在卻包著尿布，孱弱地躺在床上。母親真的失去了一切。這樣的母親擔心我回程的新幹線，低語著要我早點回家。

「謝謝，妳真的很努力了。對不起沒有孝順妳。」

我用自己的臉頰貼著母親的臉頰，盡力說出了一直說不出口的話。總算趕在母親還活著時告訴她了。

見完母親最後一面後，我踏進曾與母親一起來過的喫茶店。以前我會在母親節與生日時帶母親來這裡，用零用錢請她吃小蛋糕。店裡還是維持原樣，流淌著香頌樂曲。

我在總是與母親對坐的深處座位，一個人喝著奶茶。雪下得很大。我離開時詢問了店主，才知道這間店已經創業三十三年。三十三年前的我，明明那麼喜歡母親……

離店後我沒有撐傘，在雪中哭著漫步。趕上最後一面的念頭與悔不當初的心情交雜，緊緊綑住了我。

回到東京後，天空澄澈晴朗，三小時前的大雪猶如幻夢。

那是個月色很美的夜晚。

臉頰

看著身體虛弱，有些癡呆的母親，我才第一次發現自己愛著她。很愛、很愛，愛到想緊緊抱住她。

母親有工作。那是份時間不規律的工作，有時甚至必須大半夜上班。這樣的日子裡，她會在出勤紀錄表上寫著「傍晚開始」。

對年幼的我來說，「傍晚開始」是很恐怖的東西。母親傍晚出門，代表我下課回家時，母親已經不在家了。如此一來，就要很久才能再見面。寫著「傍晚開始」的日子，母親會在下午四點左右開車離家。如果得在學校待到這個時間，我就會果斷放棄；但是若在這之前就下課的話，我就會對時間介意得不得了。

這樣的日子真的很緊迫。當時才國小一年級的我，一聽到放學鐘響就開始狂奔。

按照正常步伐走回家的話，絕對來不及。我腦中沒有其他念頭，跑到書包內容物喀啦作響。一直跑一直跑一直跑，上氣不接下氣地到家後，發現母親的車已經不在停車場時的絕望，至今仍記憶猶新。沒打一聲招呼就默默被丟下的感覺，實在太過無奈。

母親有時排的班會在半夜回家。我在國小時就和母親玩起交換日記，筆記本裡寫著當天發生的事情或是塗鴉，母親回家後就會在下方回覆我，所以我非常期待早上起床翻開筆記本。

某個半夜我不經意醒來，發現母親用自己的臉頰貼在我的臉頰。我不知道母親是否總是這麼做，只是我睡到什麼都不知道，也可能只是那天碰巧這麼做而已。母親也沒發現我注意到了這件事情。但是這段記憶支撐了我很長一段時間。

和母親見最後一面時，我也做了相同的舉動。長大後第一次觸碰到母親的臉頰，柔軟的觸感就像剛做好的麻糬。就如同我渴望著母愛一般，母親也曾渴望我的愛。渴望著被愛，深深渴望著被愛卻笨拙的母親，沒辦法好好表達出自己的想法，用了與內心完全相反的行為，變得與我漸行漸遠。

知道母親罹癌後，我將自己的情緒切換成「自己是這個人的母親」。我已經不再追求母愛，我有自信就算母親不愛我，我也能夠好好活下去。現在單純覺得「母親」的整個存在都很可愛。從索求愛轉換到給予愛，心情就輕鬆許多了。

我現在深深認為，母親也曾渴望過某個人的愛。

說謊

我在四十歲之前，都還在做被母親追趕的惡夢。理由很明確。幼年時，母親會追打著四處竄逃的我，當時的恐懼，至今仍深植在我的身心深處。

母親動手的理由都微不足道。她會要求還在讀幼稚園的我，去寫國小算術或漢字練習本，寫錯的話就會賞我巴掌。如果我逃跑，她就會追過來動手。

孩提時代的我總是放聲哭泣。身為兒童的我，在體力上怎麼樣也敵不過大人，對我來說父母就是真理，對於在他們羽翼之外的生活連想都沒想過。我就懷抱著這些不講理的事情，度過了孩提時代。

隨著身體的成長，我開始能夠從母親的暴力中保護自己了。但總是小心翼翼，害怕母親不知何時又會按下憤怒的開關。就算長大成人，這份恐懼仍從未消失過。

我就讀的國小要求學生每天在家寫日記，隔天拿去給老師檢查。但是，我卻不能寫下今天又被母親打了等字眼。就連我幼小的心靈，也認為家庭內的暴力是必須守好的祕密。自己遭到暴力對待的事情，不是件能夠輕易對人言說的事情。

沒辦法直接寫下日常事件的我，會在日記寫下故事片段似的文字，或是寫詩蒙混過去。既然不能照實寫，就只能自己捏造了。我就是透過這件事情，學會公然說謊的技術。老師很喜歡我的文章，我也很期待老師的感想，於是便更熱衷於寫日記。

從結果來看，這才是我「書寫」的原點。書寫的時候能夠忘記現實，讓我變得自由。

如果我成長於平穩的家庭，母親不是會訴諸暴力的人，那麼，我就不會像這樣過著靠爬格子過日子的生活，不會成為作家。給予我書寫技能的人，是母親。我認為那是母親給我的最棒禮物。

這一年來，我已經沒再夢見被母親追趕的夢了。最近做的一場夢，是我的作品要拍攝成連續劇，母親拿著櫻桃到現場慰勞。夢中的我明知母親來到片場，卻沒有趕走她。而母親則一臉興致盎然，隔著一段距離凝視著拍片現場。

雖然我沒想過下輩子還要與母親成為母女，但卻開始認為，如果我們是鄰居的話，或許會處得不錯吧。

最終試煉

偶爾會看見親密聊天的母女。彼此將對方視為獨立的人尊敬著，母親沒有把女兒當成自己的所有物，保有適度距離，同時親密互動。每次看到這樣的組合，就令我羨慕不已。坦白說，我覺得這樣真的很好。

對我來說，和母親間的關係就是頻繁的鬥爭。有時激烈碰撞、有時無視，好不容易才走到今天。當時的我想早點離家、早點結婚，想要擁有另一個家庭。我很早就知道自己沒有歸處，所以培養出強壯的獨立心態。從這個角度來看，母親或許是很棒的母親也不一定。

為什麼我會遇上這樣的母親？我大約是在一年前，模模糊糊萌生這個疑問。因為孩子無論如何都沒辦法選擇自己的父母，這是種類似抽籤的事情。抽中好父母的話相當幸運，反之則飽受折磨。我心中的疑惑不斷膨脹，於是在某天下定決心拜訪了占卜師。只要提供出生年月日、出生時間與地點，對方就可以占卜。我原本也沒有這麼相信占卜，但是當時就當作救命稻草了。什麼都好，我需要一些自己被這個母親生下來的理由。

占卜師說，我上輩子欠了母親人情。這樣啊，原來上輩子我受過母親的恩惠啊？既然都說是上輩子的事情了，我也無能為力，所以我一下子就接受了占卜師的說法。既然如此，母親會成為我的母親，也是沒辦法的事情。

占卜師又告訴我，現在面臨的困難是對我靈魂的最終試煉，假如我通過這場試煉，靈魂就不必再踏入輪迴、轉世為人了。太好了！我聽到後就在內心握拳歡呼。我經常覺得身為一個人實在太煎熬了，但是只要突破這場難關，我就能夠徹底擺脫了。

當然，畢竟是占卜，我也無從得知是否為事實。但是對我來說，就算這不是事實，光是能夠這麼想就是種救贖。占卜師的話讓我變得輕鬆，也能夠接受自己與母親之間的問題了。

最重要的收穫，就是我現在能夠認為自己正接受神的考驗。如果當時沒有拜訪那位占卜師，我可能至今仍過著悶悶不樂的日子。

送走母親的現在，心境有如解開困難的數學問題。雖然絕對稱不上完美，但是至少有及格就好了。

洋裝

母親發現癌症後，經過化療未見成效，便決定出院搬到照護機構。當時母親實在無力整理行李，便請我過去幫忙。母親準備帶到機構的行李中，幾乎都是不堪使用的東西。「這個需要嗎？」我邊一一拿出來向她確認，邊把看起來很像幾十年前的貼身衣物、服飾裝進垃圾袋中。裡面實際能在機構用到的物品，只有一點點衣物而已。

我一路整理到一件洋裝。那是件綠色、藍色為底，上面繪著芙蓉花圖案的洋裝。去學校參觀上課、全家外出用餐時，母親都經常穿著這件洋裝。每次穿上之後，母親的表情就會變得開朗，這件洋裝非常地適合她。

「這件要怎麼辦？要留著嗎？還是丟掉？」

我如此詢問後，母親的表情瞬間亮了起來。她凝視了一會兒，囁嚅道：「如果還能穿上這件洋裝外出就好了……」

母親恐怕已經活不到下個夏天了。就算保住了性命，也已經沒有適合穿著洋裝前往的場合了。

「那就不需要了吧？我丟掉囉。」

語畢，我將洋裝揉成一團，壓進垃圾袋。母親擦了擦眼淚。想出去吃午餐、想去泡溫泉，就連這麼小的願望，最終都沒能為她實現。

當我收到母親過世的通知時，腦中第一個浮現的就是那件洋裝。為什麼當初要丟掉呢？如果能夠讓她穿上那件洋裝，走完人生最後一程就好了，我對自己的粗心懊悔不已。

有件事情，無論如何我都想問問還活著的母親。那就是曾經發下豪語，表示有錢就會幸福的母親，現在是否仍這麼認為呢？母親是否按照自己的想法去活而感到幸福呢？還是對自己的人生感到悔恨呢？我一直很想知道。

我曾經詢問意識不太清醒的母親。

「妳這輩子幸福嗎？」

母親微笑點頭了。我認為這樣的母親很厲害。儘管遭遇了許多艱辛，仍然可以說出自己的人生很幸福。

只要看見美麗的黃昏天空，我就會想到母親最後的妝容。我讓已經很久沒有穿過外出服的母親，穿上新衣服，化上漂亮的妝，身邊環繞著最喜歡的花。

我幾乎沒看過表情如此平靜的母親，陷入永遠沉睡的她，非常地優雅美麗。

寶物

我和母親的最後一通電話，是在我四十三歲生日當天。她是從機構打來的。在這之前，我們已經一段時間沒通過電話，所以我正想著母親不會打來了，結果母親卻牢牢記著我的生日。

「生日快樂。我是個壞媽媽，真抱歉。對不起啊。」母親如此說道。「沒關係。」我則如此回答。就某個角度來說，母親說的是事實。但是對我來說，光是聽見母親為此道歉就非常滿足了。

後來母親又打了一通電話過來，我沒注意到鈴聲而漏接了。母親以虛弱的聲音留下語音留言：「妳接下來要寫什麼樣的作品呢？加油喔。」母親從未說過這樣的話，讓我非常訝異。當時我下意識刪掉了，但是刪掉後才開始後悔，覺得還是留著比較好。以往不管是散文還是訪談，我都幾乎沒談過母親。母親對我來說是禁忌話題，猶如路邊水窪般，我總是會閃避通過。恐怕母親是希望自己能出現在我筆下的。我提及家人時，總是只談及祖母而已。祖母是母親的親生母親，也是母親放肆惹哭的人之一。我和祖母一起度過很長的時間，是祖母帶大的孩子，因此，提到家人時第一個想到的就是祖母。

這樣的我，卻正在寫著母親的事情。我決定在母親過世後的四十九天內，一直談論母親這個話題。相傳靈魂在七七四十九天裡，會繼續徘徊人世，所以或許母親也會讀到這篇文章。這是我自己想出來的供養方式。

和母親永別之後，我悲傷得無以復加。如果不刻意讓心冷卻下來，回過神時眼淚就會滴落，停也停不下來。我平常可以說完全不使用手帕，這段期間卻不得不隨身攜帶手帕，否則會很困擾。

後來，我在整理電子信箱時，從一個名為「寶物」的資料夾中，找到約十年前母親寄給我的上百封郵件。連我自己都忘記這個資料夾，因此嚇了一跳。

從中浮現了我曾視而不見的母親樣態。我們之間也曾有過這麼好的時光。從今以後，我會對這件事情懷抱感謝，不再悲嘆失去的事物，而是珍惜還留在手上的一切。母親肯定也是這樣期盼的。

憂鬱的日子

一直以來，只要某個日子來臨我就會感到憂鬱。那就是母親節。以最純粹的心情，由衷向母親獻上康乃馨的次數寥寥無幾。對我來說，康乃馨是被社會強行賦予形象的花，每次母親節來臨時，我的心情就會變得很複雜。

「母親深愛孩子，孩子深愛母親」是最理想的型態，當然，我也期望如此。但是現實卻無法如此。

與母親的爭執會造成什麼樣的痛苦？坦白說，連爭執本身都很痛苦。再加上這不是什麼適合告訴其他人的事情，也沒辦法獲得其他人的體諒。

在雙親疼愛中成長的人，根本無法想像有的父母會傷害自己的孩子。但是，確實有蠻不在乎地傷害親生小孩的父母，就算不像社會案件那麼誇張，也會在日常生活中有意無意地傷害孩子心靈，使其背負著致命傷。

我認為親子關係就像抽籤一樣。雖然有孩子會自己選擇父母後出生的說法，但是我不太相信。或許有些孩子是基於明確的意願，選擇喜歡的父母後誕生，至少我並非如此。

抽中上上籤，獲得好父母的人真的很幸運，但是抽中大凶下下籤的孩子就真的很辛苦。在成長到一定年齡之前，孩子是無法離開父母的。如果在這段期間身心遭受巨大的創傷，可能就得背負一輩子了。父母對孩子造成的影響，重得難以計量。

以我來說，母親在世的時候，我們始終難以建立良好關係。我絕對不是個溫柔的女兒，也傷了母親許多。但是母親過世之後，卻一點一滴理解起母親的辛苦、煎熬與悲傷。現在的我打從心底讚揚著母親的人生，並感謝她生我養我。母親一路走來真的很努力。

我第一次赤裸裸地寫下關於母親的事情。或許不寫也無妨。但是我想告訴那些同樣苦於親子關係的人；痛苦的，不只有你一個人。

雖然我與母親的戰鬥沒有任何結果就結束了，但是若我們的關係能夠對某人有所助益的話，對母親來說應該也是件好事。

母親在晚年造成了許多人的困擾，若過世後能藉此多少為他人帶來點作用的話，或許就足以贖罪了。今後的母親節，我會毫不保留地以康乃馨裝飾。

鐵壺

早上起來的第一件事情就是煮開水，因此，特別從日本訂來了鐵壺。我也有快煮壺，會在令人訝異的短時間內沸騰，但是我無論如何仍想用鐵壺煮開水。或許是我的錯覺吧，總覺得用快煮壺煮出來的水，滋味與鐵壺煮出來的有所不同。快煮壺能夠快速把水煮開，不過，冷卻的速度也比較快。而且不知為何，水突然就沸騰了這件事情，令我有些怒意。

將水倒入鐵壺煮沸後，不會立刻關火，會再繼續沸騰一下子。不是我自賣自誇，柏林的水含氯量真的不得了，再加上自來水管本身相當老舊，實在無法像待在日本時那樣直接大口飲用。在水質這方面，完全是日本比較優秀。

讓鐵壺中的水多沸騰一下子後就拿來泡茶，然後注入祭祀用的小茶具，剩下的再倒入自己的馬克杯。

我在能夠看見公園的窗邊角落設置了佛壇。雖說是佛壇，卻不是一般雙門敞開的傳統日式佛壇。裡面也沒有供奉佛祖，僅是放上青鳥擺飾代表佛祖，再擺上茶與線香而已。

奉上晨起第一杯茶後就點燃線香，雙手合十對天敬拜。然後秉持著感謝的心，拜託祖先們好好照顧母親，然後在內心對母親喊話：「媽媽，今天也一起努力吧。」這是我每天的例行公事。

在母親過世之前，我一點也不虔誠。我認為人死就歸零了，對墳墓本身也打著問號。但是，現在卻實際感受到祈禱有多麼重要。母親並沒有因為失去性命而徹底消失，不如說，母親在我心中變得更加鮮明，與其說是天人永隔，其實更像總是一起行動。現在的我覺得不僅母親，就連祖先們也從旁守護著我。這是母親以自身教會我的很重要的一件事情。

每天早上在佛壇供茶時，我總會想起母親每天早上為我做便當的模樣。相較於母親為我做過的事情，我現在為她所做的一切真的很渺小。事到如今，我終於意識到了。

在柏林使用的鐵壺，是用小時候暑假與母親一起去捉過青鱂魚的河邊砂鐵製成。國小時的我，總是非常期待暑假和母親一起去河邊玩，期待得不得了。

每次用鐵壺煮開水的時候，孩提時代的暑假記憶就會在腦海中甦醒。

冰淇淋

柏林有許多美味的冰淇淋店，而且還很便宜。有時我會在外食回家路上吃個冰淇淋當飯後甜點，有時會與朋友約在冰淇淋店見面，盡情聊個一兩小時。德國男性也很常吃冰淇淋，看見西裝筆挺的上班族在下班路上，開心享用冰淇淋的模樣，無論何時都令人會心一笑。

雖然只是一歐元多的冰淇淋，和家人、戀人、友人一起享用卻格外愉快，我認為這也是柏林的魅力之一。一支小小的冰淇淋，卻是一天最大的樂趣——在柏林，這樣的心情可說是一點都不罕見。光是想像今天要去哪間店吃冰淇淋，心情就雀躍了起來。

我與母親的最後一面，是在她過世那年的元旦。當時母親已經無法出聲表達了，或許是在無法正常進食的情況下發燒的關係，一直痛苦呻吟著。我只能待在母親身邊握著她的手，偶爾呼喚她幾聲而已。決定暫時回東京的我，將這件事情告訴了母親。當時我已經明白，這可能是我最後一次見到母親。

「已經是最後了，笑一下吧。」我向母親提出要求時，母親確實理解了話中含意，對我笑了。

離開醫院後，我哭著走到車站，穿過新幹線剪票口的時候，突然很想吃冰淇淋。當時是冬天，也非常寒冷，我應該不想吃冰淇淋才是。雖然應該不想吃，身體卻強烈渴求著冰淇淋。

制止不了這股衝動，我跑進了車站的商店，但是卻剛好沒賣我平常吃的冰淇淋。無可奈何下，只好買了一個洋梨口味的杯裝冰淇淋再去搭新幹線。

我沒有懷孕過，所以這充其量只是我的想像——那種強烈的衝動，或許就像害喜一樣吧？那是場非常不可思議的體驗。

幾天後，母親過世了。事後回想，總覺得或許是當時躺在病床上的母親，非常想吃冰淇淋吧？母親病房裡的抽屜中，有好幾張購買冰淇淋的收據。但是她已經不能親自去買，也沒辦法拜託他人了，所以那份心情傳到了我身上。我只能這麼認為了。所以在吃冰淇淋的時候，我會當作是在與天國的母親一起享用。

雌鹿擺飾

我不是什麼感應能力很強的人，幾乎沒遇過什麼詭異現象。頂多就是鬼壓床而已。但是這樣的我卻在母親剛過世不久，有過數次不可思議的經驗。

我家廁所裝有小架子，那裡擺了一些德國某地區手工製作的木雕鹿擺飾。尺寸均約5公分左右，作工精緻的四肢相當均衡，站得很穩。

那是母親剛過世約一週的時候吧？這排站得很穩的鹿擺飾中，只有雌鹿擺飾全掉到地上了。剛開始覺得是被什麼震歪才掉的，所以就放了回去。但是相同狀況卻發生了第二次、第三次，而且從我擺放的位置看來，牠們掉落的位置也太過奇怪了。無論怎麼思考，從那裡掉落的擺飾，實在不可能會出現在這麼奇怪的地方。

我猜想是外子在捉弄我，但是一問之下卻發現他完全沒概念。而且，每次掉落的都只有雌鹿。

該不會是有什麼危機逼近，而母親拚命在警告我吧？這是我第二個念頭，不祥的預感讓我滿心苦悶。

不知道是第幾次撿起雌鹿擺飾的時候，我不經意興起了這樣的念頭：「該不會是母親想告訴我，我現在也能做這種事情了喔！」

如今回想，我發現母親似乎很期望我的稱讚。不是對孩子灌注母愛，而是向孩子索求愛。無法如願以償時，或許母親就會感到混亂，有時候會抑制不了自己的衝動。雖然只是非常簡單的事情，我卻直到失去母親後才注意到，並錯愕不已。

那之後每次看見雌鹿擺飾掉落，我就會在內心大力稱讚母親。好厲害

啊！好厲害啊！再多做一點吧！如此一來，我腦海中的母親就會非常開心，誇張地大笑出來。說起來，我應該在母親還活著的時候就這麼做的。

當然，我無從得知真相。但是相信這件事情，無形間便稍微救贖了自己的一部分。藉此實際感受到母親就在身邊，與我一起，讓我的心稍稍平靜了下來。

經過數個月，我已不再像當時一樣感受到母親近在身邊了。究竟母親會不會在盂蘭盆節時再來見我呢？希望她能夠來，我想要連她生前欠她的部分，一起好好招待她。

運動會的栗子飯

小時候的運動會總是在秋天舉行。說到秋天，就想到「食欲之秋」。我對運動會本身沒什麼印象了，但是對運動會中午便當的期待，至今仍記憶猶新。

接近運動會的時候，母親下班路上會順便去幾家蔬果店，確認這一年的栗子狀況。運動會當天的便當，一定要是栗子飯。所以母親會告訴我，今年哪間店的栗子比較好、今年的價格比去年貴還是便宜等。覺得買不到好栗子的時候，母親就會沮喪地垂下肩膀，感嘆今年只有小栗子而已。

逛過多間蔬果店，找到今年狀況最好的栗子後，母親就會在運動會前一天買回家剝皮，當天早上再煮成栗子飯。母親做的栗子飯混了糯米，散發出淡雅的醬油味，冷掉後也很好吃。對我來說沒有配菜也無所謂，只要有吃到栗子飯，運動會就等同於圓滿結束。

店家販售的栗子飯，使用的通常是甘露煮甜栗子，但是我不太喜歡。這種滋味的栗子飯就像在吃甜點一樣，實在無法接受。栗子飯還是要用現剝的生栗子去煮，才嘗得到栗子本身的美味。

但是說來容易，做起來卻很困難。幾年前我下定決心挑戰栗子飯，沒想到遠比想像中的麻煩。為了省麻煩，我還查了輕鬆剝栗子的方法，結果不管是栗衣還是澀皮都必須一一手工剝除，實在是很費工。雖然泡熱水幾個小時，栗衣就會比較好剝一點，但是澀皮卻只能用刀子一點一點慢慢剝開。

途中就做到手麻、肩膀僵硬，眼睛也很疲勞。但是刀尖一不小心就會險些切到手指，必須全神貫注。剝完所有栗子後身心俱疲，忍不住認輸說出：「誰還會再做第二次栗子飯啊！」再加上費盡千辛萬苦做好的栗子飯，外子吃了卻沒表現出喜悅，讓我更加灰心了。

我想起母親手執菜刀剝栗子皮直到深夜的背影。我做一次就放棄的事情，母親卻每年毫無怨言地為我做了。

是因為她一心一意想看見女兒高興的表情吧？終於意識到這件事情時，讓我熱淚盈眶。

母親晚年曾到山上撿栗子，剝好後做成栗子飯送來給我。山上的栗子比市面上的栗子要小很多，剝皮之後更是沒多少栗肉可以吃了。然而，正是這麼小的栗子，表現出了母親的愛。

溫柔與強悍

二〇一七年，是父母相繼過世的一年。拉脫維亞的自然信仰中，將蘋果樹視為守護孤兒的神木，每個人遲早都會變成孤兒，所以他們會在家中庭園種植蘋果樹。從他們的思維來看，我也成為孤兒了。

母親是個無論優點缺點都很強烈的人，她毫不懷疑地深信自己絕對正確，有人對她提出意見時，她就會手足無措。父親不知道從何時開始，不再糾正母親的錯誤想法，一味順從。如果不這樣的話，父親自己也活不下去吧？所以他扼殺了自我，放棄面對現實，將自己藏在某個世界靜靜活著。父親個性溫和謹慎，待人接物的態度很好。

或許是因為這樣，儘管父親確實在家裡，不知為何卻感受不到他的存在。「父親」這樣的角色鮮少出現在我的小說中，或許也是受到如此背景影響的下意識之舉。父親，對我來說，就像透明人。

儘管如此，我仍記得童年時父親很寵孩子，非常溫柔。我經常坐在父親盤坐的大腿上看電視，父親常常帶我到公園玩或是外出購物。我至今仍記得，父親帶我到行動動物園一起看了小白獅。我隱隱約約想起，和父親單獨出門時總是沒什麼安全感。

在我國小三年級還是四年級的時候，父親出了車禍。他在下班回家的路上被車子撞飛了。當時是我接到警察的電話，對方表示：「妳的父親出車禍了。」腦中浮現父親滿身是血的模樣，讓我震驚得動彈不得。我很快就與祖母、姊姊們一起趕到了醫院。

父親的韌帶斷掉，開了好幾個小時的刀。得知手術平安成功時，母親當著大家的面哭了出來。

後來父親努力復健，以驚人的速度恢復了。如今回想起來，當時的車禍就是父親的轉折點，此後他便離自己理想中的工作愈來愈遠了。儘管如此，父親仍持續著上班族的生活直到退休。

究竟父親的人生是否幸福呢？如果父親很早就選擇與母親分開，那麼，父親的人生、還有我的人生也會不同吧？血緣有時候很麻煩、很難纏，有時是羈絆、有時是詛咒，甚至還有雙方兼具的恐怖。

父親倒下前最後吃的，是我做的牛肉滷牛蒡。那是父親的親生母親，也是我的祖母相當擅長的料理。帶著從父親身上繼承的溫柔，從母親身上學到的強悍，我今後將以孤兒的身分，步上自己的人生。

手作佛壇

母親過世後，季節又過了一輪。曾經一點也不虔誠的我，現在每天早上雙手合十祈禱著。雖然不是足以稱為佛壇的完善設備，總之我在柏林公寓的窗邊，設置了祈禱區。

剛開始這裡什麼也沒有，所以我擺上了朋友送我的鳥造型紙鎮，並奉茶祭拜。用來插線香的器皿，則是我很喜歡的玻璃創作者所製。我某天倒入熱水想喝中國茶時，茶杯出現了裂痕。茶具無法再盛裝液體，所以我就倒入了香灰當成香爐。

用來裝茶的是因為很喜歡而買下的豬口杯，並以高腳盤裝著點心等。

佛鈴是很照顧我的責任編輯所贈，聲音非常悅耳。鮮花則使用了母親生前喜愛的野花，並盡量插得漂漂亮亮的。

佛像是請京都年輕造佛師所作，以白陶製成，是能夠剛好擺在單手上的尺寸。每一項都很小巧，就像在扮家家酒。在佛壇增設蠟燭，則是最近的事情。手作佛壇就這樣在不知不覺間完成了。

早上將熱茶倒入豬口杯後，就點燃線香，雙手合十。聳立在手掌前的是柏林的地標——電視塔，我就站著自然而然地朝著天空祈禱。

我在心中誦唱的祈禱詞基本上都一樣。

「感謝爸爸、媽媽、爺爺、奶奶、祖先們等與我血脈相連的一切，謝謝你們總是溫暖地守候著我。請保佑我今天一天也能順利度過，希望世間萬物都能夠幸福。」

細節會隨著當下狀況而異，但是基本上就是這樣的內容。接著我就會喝掉自己的茶。父親與母親過世之後，反而讓我更感受到雙親就在身邊。也實際感受到許多肉眼不可見的存在，確確實實地守護著我。

然後是祭日。我一早就認真豎起線香，供上母親喜愛的蛋糕。自從聽說享用故人喜愛的食物也是一種供養後，我就一直刻意留心。我想起母親曾在祭典攤位吃到韓國煎餅後非常開心，便決定晚餐去韓式料理店吃韓國煎餅。也會重新閱讀母親超過十年前寄給我的電子郵件，在心中對母親說上許多話。

就這樣度過感慨萬千的一天後，才發現真正的祭日其實是隔天。所以我連續兩天都供奉了蛋糕。

身為女兒的我，也不過如此。

第三章

不花錢也能幸福

物欲消失

待在柏林最輕鬆的事情，就是不會被強行灌輸必須花錢的觀念。住在柏林的人們都異口同聲表示，待在這裡會逐漸失去物欲。

對柏林人來說，如何在不花錢的前提下過得幸福，是人生的一大課題。所以無論是真的沒錢的人，還是其實有錢的人，都像在競爭般地摸索著「不花錢也能幸福的生活方式」。

我也一樣。到達柏林的瞬間，就切換成節約模式，每天都埋頭苦思該怎麼做，才能在不浪費錢的情況下快樂生活。這就像個小遊戲，非常有趣。柏林人在這方面的幽默，讓我感到非常自在。

柏林人已經習慣家中有用不到的物品時，就擺在自家前的路邊，所以經常可見住宅前隨興擺著杯子、盤子與家具等。這是種「需要的人請自便」的互助機制，雖然有些物品不禁令人懷疑「真的有人要拿嗎」，但是通常兩三天內數量就會慢慢減少，意識到的時候已經完全清空。我也拿了好幾次。

在日本很容易在意他人的目光，但是在柏林，只要是還能用的物品就會盡力用到最後一刻。他們將當成垃圾丟棄視為最後手段，在這之前會發揮創意，以各式各樣的方法加以利用。連自行車也會拆解成零件，再分別用在適合的地方。

前陣子我看到有人將長靴與手動絞肉機當成盆栽使用，某位藝術家還取下濃縮咖啡機的一小部分，當成小檯燈的燈罩。無論是哪一種都是令人會心一笑的創意，不禁想拍手讚賞：「原來如此，還有這種用法啊？」

待在日本的話，就會忍不住隨著社會氛圍，深信只有花錢消費才能夠幸福。所以會為了賺錢而加班、假日值勤，有時甚至努力工作到身體壞掉。企業也用盡各種方法，想讓消費者掏出錢包。當然，購買新衣服、去流行的餐廳也很開心，但是這世界上也有像柏林這樣，不花錢也能夠幸福的方式。

從遠方的國度看待日本，會覺得整個日本就是一個巨大的購物中心。以服務為名，做任何事情都得花錢，鈔票一張張從錢包飛出。所以我待在日本的時候，雖然相當困難，但也會努力試著至少週日不要花錢。

無所謂的東西

近年極簡生活頗受矚目，我也是想盡量保持雙手空空的人。無論是日常外出，或是走在「人生」這場壯大的旅行，沒有也無所謂的東西，就盡量不帶著。

車子的話，反正我連駕照都沒有。雖然郊區等地未必如此，但是生活在都市的話，車子的必要性就沒那麼高。外出可以搭電車或巴士，行李太多或是趕時間就交給計程車。

自行車的話，因為我所住的社區有居民共用的租賃自行車，所以需要時再去租借即可。所以就算沒有自行車，也總會有辦法。

我也沒有手機。說起來慚愧，至今就算拿手機給我，我也不知道該怎麼使用。一不小心按到奇怪的按鍵，然後變得慌慌張張是家常便飯。

基本上我都在家中工作，所以只要有家中的電話就夠了。

現在從兒童到老年人，無論男女老少都在用的手機，在三十年前左右，其實只有部分特殊職業的人才擁有。

老家也是，只有一台老式黑色電話，而且還是擺在客廳。那個年頭還沒有子母機，所以無論是朋友打來、還是男朋友打來，都得當著家人的面，慎選用詞並小聲說話。

但是現在能直接打給對方，而且在接起電話前就知道對方是誰了。打電話到異性家時，緊張地撥著電話轉盤的時代已經結束。說起來，「撥著電話轉盤」這個詞彙本身，就已經沒有人在用了。

男女關係也隨著手機登場改變了吧？以前要談禁忌之戀時，肯定連約定幽會時間都很辛苦吧。但是現在只要透過手機，就能夠輕易聯絡到對方了。

我很喜歡的作家——向田邦子老師的代表作《宛如阿修羅》中，有個我很喜歡的場景。外遇的丈夫用公共電話打給情婦，卻不小心打回自己家中。妻子聽見丈夫打錯電話的聲音，就確信丈夫外遇了。但是這樣的劇情設定，必須是用公共電話才有意義，所以換到今日就沒辦法成立了。多虧了手機的普及化，連禁忌之戀都變得輕鬆許多。

公共電話對大部分的人來說，已經沒什麼必要了，但是對我來說仍然很重要。看來追求極簡的生活，也會有相應的麻煩存在。

拉脫維亞十悟

我家廁所貼著一張手寫紙條，不是什麼人生悟語這麼誇張的東西，是拉脫維亞自古流傳下來的十悟，我以自己的理解翻譯成好懂的日文。為什麼要貼在廁所牆壁呢？因為這裡是每天確實會看見數次的場所。我用紙膠帶貼在偏下的位置，以便坐著時剛好能夠閱讀。如此一來，有客人來訪時不必特別討論，也能夠傳達重要的訊息。

很多人突然聽到拉脫維亞，都會滿頭問號吧？我當初也是，根本不曉得拉脫維亞是哪裡的國家？首都叫什麼名字？不過，如今我已徹底迷上拉脫維亞，深信那裡是我靈魂的故鄉。

我和拉脫維亞的邂逅是在二〇一五年的夏天。為了撰寫以當地為背景的故事，我參加了為期一週的觀光宣傳旅行團。當地居民知足常樂，卻活得相當精彩，認真美好的身影令我大受衝擊。

從根本支撐這種生存方法與思維的，正是拉脫維亞自古流傳的自然崇拜。如同日本的「八百萬神」，拉脫維亞深信太陽、大地、樹木與水等森羅萬象的自然萬物，都有神靈寄宿，神靈就存在於人們的日常生活當中。

詢問拉脫維亞人認為最重要的事物時，得到的答案是「十悟」。所以我以自己的想法解讀後，貼在廁所的牆壁上。

「維持正直的行為吧。和身旁的人融洽相處吧。毫不保留地為社會貢獻自己的知識與能力吧。認真快樂地工作吧。發揮各自的能力吧。莫忘上進心，持續磨練自我吧。感謝家人、鄰居、故鄉與自然等一切食衣住行吧。無論面對何種狀況，都樂觀接受吧。不要吝嗇，慷慨吧。

站在他人的立場，為他人著想吧。」

拉脫維亞的教諭並非規定，而是用了「～吧」這種呼籲的語氣。我認為這種深信人性本善的思維很棒。拉脫維亞讓我明白，在生活中取得這十悟的平衡是非常重要的。

此後我就將這十悟融入生活中，當成人生的指南針。我也想樂觀、清白且正直地活下去。

裸雛偶

我去大船參觀了雛偶。在這間精心保養的古老日本家屋藝廊，擺了各式各樣的雛偶。無論在哪個時代，雛偶都是好東西。

老家也有古老的雛偶，只是我已經忘記都擺幾層了。女兒節來臨前，父親會開始設置底座、蓋上紅布後，擺好雛偶。

這些好像是明治時代製作的古老雛偶，母親相當自豪，但是我卻有些害怕。剛從箱子裡取出的雛偶不是身首分離，就是頭髮非常凌亂，因此，孩提時代很害怕與雛偶面對面。

我長大後親自蒐集的雛偶，是樸素的土製人偶。那是家鄉山形縣庄內地區流傳的鵜渡川原人偶，原型是江戶時代透過北前船從京都傳來的伏見人偶。製作時會將黏土填進木製模具中，取出乾燥後再進行素燒，燒製完成會在表面漆上以膠液調和成的「胡粉」打底，接著塗上顏料著色。

最早是江戶時代末期由大石助右衛門大師開始製作，後來就由大石家的本家與分家代代相傳。現在傳承會的人們仍堅守傳統製法，持續製作著這些土製人偶。

我持有的雛偶背後也都刻有大石YAE老師的名字。我最初持有的是內裡人偶、雛偶，接著又依序買了三人官女與五人囃子，慢慢地蒐集了整套。但是我家沒有設置雛壇的空間，只能找地方橫向排成一列。讓雛偶們像擠電車一樣擠在一起，實在甚感抱歉，但也無可奈何。

有幾年的女兒節，忙到沒空取出來裝飾，但是今年有了空檔，便著手擺設。有女兒的家庭會很快收起雛壇，避免女兒晚婚等，但是我家沒有這種困擾，往往會擺到櫻花盛開之時。土製人偶擺著不會有驚悚感，樸素溫暖的氛圍很棒，而且各個都面露慈祥的表情。和這些鵜渡川原人偶一樣令我珍惜的雛偶，是從大阪住吉大社帶回來的紀念品「裸雛偶」。一如字面上的意思，裸雛偶光溜溜的，雖然內裡人偶有用權杖遮住重要部位，雛偶則使用了扇子，但是裸體就是裸體。雛偶向來以華麗裝束引人注目，但是裸雛偶卻什麼都沒有，讓人看了不禁輕笑出聲。

總覺得這組雛偶就像在鼓勵著我——無論穿著多麼光鮮亮麗，衣服脫了，大家都一樣，有種看得很開的感覺。

順道一提，為了讓裸雛偶一年四季都能夠露臉，我將其擺在餐具櫃的一角。

柏林的惜物精神

柏林至今仍確實保留了以物易物的機制，為別人做某件事情後得到某種謝禮，在這裡是家常便飯。

我從朋友手上接手公寓住宅時，也善用以物易物，將支出控制在最小程度。朋友將家具雜物都留在柏林，所以我也將原本得寄到柏林的家電、家具與餐具，轉到朋友在日本的新居。

雖然得從中挑選要用的與不要用的，有些麻煩，但是這種不是花錢就好，而是將還能用的物品轉讓到另一個人手上繼續使用的精神，我個人相當喜歡。

最重要的，是獲得朋友細心使用的物品，也將自己喜愛的物品轉讓給朋友，為雙方的物品創造了更多歷史，強化了這些物品的生命力。柏林人不會將還能用的物品當成垃圾，自己不需要的物品，對別人來說可能還堪用，這時就會擺在家門前，讓某個看上眼的人帶走。我也曾將太重而不好用的平底鍋等擺在路邊，結果都是幾個小時內就不見了。這種以物易物的機制，對自己與他人來說都相當方便。

日本也能夠透過金錢交易，賣出不需要的物品等，但是在東京公寓的垃圾集中處，總可以看見許多還能用的物品，不禁有種很浪費的感覺。柏林的這種精神也能夠拓展到日本的話，垃圾量就會大幅減少吧？不過或許很難實現。在柏林不必花高價購買新物品，也能夠藉由收到與撿到的物品精打細算。這一點讓柏林的生活更加容易。

此外，他們重複使用物品的方法相當獨特，擅長以自己的見解與創意，賦予其與原本截然不同的用途。

前陣子去了一家咖啡廳，看見店家在一座老舊的小浴缸裡放了土壤種花。另外也常在路上看見許多絕妙的用法，讓人不禁笑了出來。柏林讓我明白，只要努力拍動想像的翅膀，就能夠拓展出豐富的可能性。

第二次世界大戰末期，柏林經歷了無數場激烈的地面戰。城鎮化為廢墟，四處覆蓋著堆積如山的瓦礫。女性代替遠赴戰場的男性，從中蒐集還能用的物品，努力復興了城鎮；柏林的惜物精神，或許就源自於這樣的歷史。

能夠斷言世界上沒有垃圾的柏林人，看在我眼裡真的非常帥氣。

極佳的機制

我在東京的住家旁邊，有間飼養豬雞的農家。原本是江戶時代流傳至今的植樹店，遼闊的基地種有許多樹木。只是取其中一角飼養豬雞，並將排泄物製成肥料用在農作。

我們家會向他們購買自產雞蛋，一袋五百日元，價格相當合理。農家前設有無人販賣處，販售著雞蛋、新鮮蔬菜與花卉。

所以我每天遛狗都會過去一趟，買到剛下的雞蛋或好菜時，就會覺得很開心。

其中最棒的就是無人販賣處，消費者只要將錢投入郵箱般的小箱子就好。自家旁有這種無人交易機制，讓我覺得相當自豪，但是，交易方式卻在這個夏天改變了。原來是有人只付五元、十元就把雞蛋或蔬菜拿走，所以就改成將蔬菜等放進能上鎖的置物櫃裡，再也不是無人販售的機制，相當可惜。如果大家都好好遵守規則，就不必特別設置置物櫃了。

這個夏天我是在柏林度過的。要去搭乘地鐵、路面電車、火車的時候，不必經過剪票機，只要自己將票卡插進機器中，就會印上開始搭車的日期與時間。

但是這裡有隨機查票。偶爾會有穿著便服的工作人員前來檢查，如果沒有買票，或是買了票卻沒有印上搭車時間等逃票行為被發現，就必須支付高達六十歐元的昂貴罰款。

令人訝異的是事實上幾乎沒人逃票，這恐怕是從小養成的習慣吧。

我家附近的無人販賣處也是，大多數的人都會確實付錢購買雞蛋與蔬菜，但是這個機制卻受到部分道德感低落的人影響而化為烏有，非常可惜。這些農作物都耗費了農家的心血，卻有人以形同沒付錢的方式帶走，一想到農家的心情就覺得沉重。

一袋五百日元的受精蛋有大有小，各具特色。雖然也可以拿來煎，不過用新鮮雞蛋製成的雞蛋拌飯，是至高無上的美味。

這麼說來，柏林的交通機制還有件值得一提的事。那就是平日晚上八點過後與週六日、國定假日，只要一個人持有週票或月票，就能夠帶著一名同伴與一隻狗無票上車。也就是說，一張票能夠供兩人一狗搭乘。各位不覺得這是很棒的機制嗎？

對吸塵器的不滿

德國產品往往大得很誇張。不只大，還很重。無論是公寓玄關門、調理器具、自行車還是家具都作工堅固，又大又重。所以在市面上看到不錯的商品，覺得「啊，這個好！」的時候通常都是日本產品。拿起來手感很順，摸起來很舒服的時候也都是日本製造。「什麼嘛！」這麼想的同時也覺得自己果然是日本人，會興起一股有點開心、也有點自豪的心情。

我最近意識到，日本與德國在造物方面的才能並駕齊驅，但是目標或許不一樣。德國把重點放在堅固壽命長，日本則會經過不斷改良，追求好用又方便的產品。

剛開始長期待在柏林時，德國吸塵器的落伍造型令我驚訝不已。首先最驚訝的就是尺寸之大，而且當然也很重。但是最令我震驚的，是功能沒有想像中那麼好。德國製造的吸塵器當中，或許也有功能好到連日本人都瞠目結舌的產品。但是我在德國遇到的吸塵器都差不多，徒有巨大的尺寸而已……全都是讓我滿心遺憾的類型。

有一次我直接向德國人提出疑問：「你們對這種吸塵器沒有不滿嗎？」結果獲得「沒有」這個答案。德國人似乎不追求過度方便的吸塵器，認為吸塵器就是這樣子，沒有必要特別改良。吸塵器的功能就是吸走垃圾，只要能夠做好這件工作就夠了。德國人從基本的思考就與萬物都要求更加方便、更加好用的日本人截然不同。

前幾天稍微出了趟遠門，前往柏林郊區的日本料理店。那是我一直想去的餐廳，店主以前曾在日本從事建築工作，因此，柏林店裡的內裝也是親手打造。他活用極富韻味的磚牆，勾勒出優美自在的空間。

好久沒有吃到道地的和食，讓我重新體認到日本人做事情的精緻程度。對細節的顧慮，可以說是日本人特有的。而且看到德國人也很享受店主提供的精緻服務，就覺得相當感動。店主在這個連柏林人都鮮少前往的場所，扎根生活的模樣深深激勵了我。

外側強韌、內在精緻——簡直就像我渴望的吸塵器。

中庭的婚禮

飛機降落在柏林泰格爾機場的時候，從上空見到的絕美街景，總是令我目眩神迷。整座城市由多個區塊的公寓，與道路連結成蜂巢狀。我現在居住的公寓是一九〇〇年建造，百年前建造的公寓至今仍持續住人，對日本人來說很難想像，但是對柏林人來說卻相當尋常。建築物主要分成老建築（Altbau）與新建築（Neubau），老建築專指第二次世界大戰前建造的老房子，新建築則是戰後新建的房子。我居住的是老建築，但是這裡連新建築的屋齡都達七十年以上，因此房子的新舊感與日本相差甚大。

也就是說，柏林遠從百年以前就能夠建造出如此堅固的建築物，而且還組成這麼適合生活的城市，真是令人訝異。相鄰的公寓之間，會設置共用中庭，大幅提升居住的環境條件，人人都能夠享有舒適的生活品質。

就算住在朝著熱鬧道路而建的公寓，只要前往面向中庭的房間就會變得寧靜，只要將臥室設在這一面，夜間就不怕被吵到睡不著了。中庭的德文是Hof，是德國人生活中不可或缺的共用空間。

我居住的公寓也設有舒適的中庭，種有巨大的樹木，並擺了幾張長椅，偶爾會見到有人坐在這裡看書。週末可以在中庭烤肉、上瑜珈課，有時還會舉辦跳蚤市場，可以說是居民的遊憩場所。

我在前陣子參加了朋友的婚禮，地點就在他們居住的公寓中庭。他們在中庭一角的桌球台上鋪了桌巾，菜餚都擺在上方。菜餚是每個家庭從家中準備一道菜後，連同餐具一起帶來的。飲料也是，每個人都帶了自己想喝的飲料。如此一來，負擔就不會集

中在某個人身上，每個家庭都各自準備一些，就形成了歡樂的派對。這場婚禮絕對不算豪華，卻充滿了溫馨感，真的非常迷人。

這種做法很有柏林風格。不特別堅持就是他們唯一的堅持，柏林的創造力豐富，深諳不花錢就能夠快樂生活之道。但這也是因為他們擁有中庭，城市裡充滿了綠意才能夠實現。在戶外用餐之所以愉快，正是因為眼前滿是美麗的景色。

從飛機鳥瞰的柏林城市，擁有多麼充沛的綠意啊！人們光是因為這樣，就能夠嶄露笑顏。

優先順序

我經常親身體會到待在柏林，物欲就會逐漸消失，久居柏林的朋友也這麼說。就連只是來觀光幾天的人，也說出了相同的感想。

絕對不是沒有想要的東西了，只是與其說是價值觀改變，不如該說是會變得不太在意「消費」這件事情。或許是開始用自己的標準去衡量幸福了。

以我來說，食衣住行中最先放下的就是衣。柏林街上的人們打扮各有風格，幾乎不會有人盯著別人的打扮看，也不會以此判斷一個人。有年紀頗大卻染著鮮豔髮色的龐克阿姨，也有穿著女裝的男性，天氣熱時，甚至有大人打赤腳走路。

柏林人很少對打扮風格有偏見，認為什麼樣的人就一定得穿什麼樣的服裝，因此，每個人都可以選擇對自己來說最自在或是最符合喜好的衣服。我也漸漸染上了這樣的氣息。

放下對打扮的執著後，緊接著的是食。當然，柏林也有美味的餐廳，但絕對不會因為這樣，就產生想一直去這些餐廳的想法。或許是因為日本很常食用的魚，在柏林屬於高級食材，鮮少有機會吃到，所以內心就乾脆放棄了吧。提前好幾個月拚命預約人氣餐廳這種事情，在柏林也很難想像。柏林人預約餐廳頂多提早一個星期而已。

也就是說，我內心的優先順序變成住、食、衣，也可以說全部的德國人都是如此。家，也就是住宅對德國人來說非常重要，他們對於如何將生活環境整頓得更加舒適這件事情，灌注了非比尋常的熱情。盡量親自打理與家相關的事情正是德式風格，造訪德國人的住宅時，會發現大家都打造出極富自我風格的舒適空間。

德國的居住環境比衣與食好上許多，天花板又高又寬。或許是因為舒適的居住環境對德國人來說極其重要，絕對不能讓步吧？

所以前幾天去義大利的時候，我就因為人人都太過時尚而嚇破膽。幾年前走陸路去法國時，才剛跨越國境，就發現同一道料理在德國與法國明顯不同，讓我備受衝擊。這讓我實際體驗到德國重視居住環境，義大利重視打扮，法國則首重美食。

義大利與法國都離德國很近，但是語言不同，價值觀也不同。然而，這些人團結一致，共同撐起了一個歐洲。

莫名懷念

長時間離開日本最懷念的，不是壽司、不是蕎麥麵也不是天婦羅，而是日式風格的曖昧。

以前對這種曖昧總覺得厭煩，但是實際住在德國後，就會莫名懷念起這種曖昧。

德國連一丁點的曖昧都沒有。或許我不應該這麼斬釘截鐵，但是，德國什麼事情都要劃分得很清楚，程度嚴重到讓我想要這麼說。他們將萬物都分成黑與白，毫無灰色地帶的存在。

我第一次到德國的時候，發現紅酒杯竟然標有兩百毫升的線，嚇了一跳。負責倒酒的人，每一杯酒都會確實地倒至這條線。原本以為是這間店的紅酒杯不一樣，結果發現德國紅酒杯有很高的機率都標有這條線。如此一來，就能夠為每位顧客提供相同的量，在德國人眼裡，並沒有所謂目測的概念。

再舉其他的例子。

德國的地鐵、路面電車與火車都未設置剪票口，要自己買票後拿去插進打卡機，印上日期與時間後再搭車，讓人不禁興起逃票的念頭。為了預防逃票者出現，時不時會有查票人員進到車內，抽檢乘客是否都確實買了車票。被抓到未持有車票的話，就必須支付六十歐元的罰金。以目前的匯率來算，接近兩千七百元台幣。

我也被查票人員抽檢了好幾次。他們都穿著便服，而且通常都是做龐克打扮的年輕人。他們假扮乘客一段時間，乘車後就會找個適當時機，兩人一組突然出示證件開始檢查。

這時必須當場立刻出示自己的車票，就算有買車票，卻因為不知道放在哪裡而磨磨蹭蹭的話，就算事後找到了拿給查票人員看，對方也會表示：「你這張票可能是跟其他人借的！」於是即使乖乖買了車票，仍必須支付六十歐元的罰金。別說什麼人情味了，連類似的東西都看不到。

所以突然遇到查票人員時，就算我有確實買好車票，每次仍會緊張不已。雖然期望對方能夠稍微體諒，或是多信任人們一些，但是他們會堅守規矩，不行就是不行。

德文也是如此，用字遣詞都非常嚴謹，絕對不會產生誤解，所以句子也會特別長。似乎是因為這樣，使推特在德國流行不了。這麼說來，穿著單一色調的德國人也特別多呢。

對等關係

我要回日本一段時間，所以就在法蘭克福機場轉乘日系航空公司的飛機。我一上機就詢問空服員，是否能幫我將機場買的香腸伴手禮放進冰箱中。

「我稍微確認一下。」拋下這句話離開的空服員，回來後表情明顯黯淡了。

「非常抱歉，我們基於食品管理的問題，恕無法接受您的要求。真的非常抱歉。」

空服員數次低頭道歉。既然規定不行也沒關係，這麼做反而令我感到慌張，覺得這明明不是必須這麼慎重道歉的事情。

然後我才恍然想起：「啊～對喔，這就是日本。」

以前曾聽朋友說過，空服員會刻意將眉毛畫低一點，我不曉得這是否為事實，但是聽說這麼做的話，在道歉時比較容易擺出歉疚的表情。恐怕是空服員面對形形色色的客人，有時在對方蠻不講理的情況下仍得低頭的關係吧？再考量到肉體方面的工作負擔，空服員這個職業還真是容易累積壓力啊。

德國的話，就很講究對等關係了。就算是商店也絕對不會以客為尊，店員與客人是平等的。反過來說，客人也只是付錢向店家購物而已。身體有殘缺的人與健全的人，在某個層面上也是平等的。他們不會因為坐在輪椅上就覺得丟臉，或是拄著拐杖就比較畏縮。或許是因為這樣，德國坐輪椅與拄拐杖的人比日本還要常見。這裡的男女也是平等的，從理念來說，人類與動物也是平等的，他們認為動物也有過著舒適生活的權利。

日本是從什麼時候開始演變成「以客為尊」的呢？付錢的人就偉大

得不得了，收錢的人就必須像奴僕一樣提供服務。原本以平等的態度才是最適當的，但是提供服務的人卻戰戰兢兢，害怕著不知何時會接到客訴。這種誰敢大聲怒罵誰就佔上風的風潮，很明顯的有問題。這樣的日本，令我感到窒息。

金錢確實很重要。沒有錢就沒辦法生活。所以，有些政治家疾呼著「重視經濟」、「重視經濟」，或許是該這樣沒錯。但是我認為這並不代表應該只重視經濟。

睽違半年回到日本，讓我強烈感受到日本費盡心機要促進消費，簡直就像深信著不花錢就沒辦法幸福。日本，到處都充滿著商品與服務。

撐過冬天

歐洲的冬天漫長嚴峻，尤其是我現在待的柏林，整個北方的冬天真的很漫長。冬天當然會很冷，但是寒冷還可以想辦法撐過，最痛苦的是夜晚變得漫長。

確實，寒冷可以靠著禦寒措施克服，家中也有暖氣設備，有時甚至覺得比東京家中還要溫暖。我現在住的公寓設有中央暖氣系統，各房間設有電暖爐，只要轉動水龍頭，就會馬上流出溫暖的熱水。

我還不曾在柏林度過完整的冬天，但是住在柏林的朋友們都表示冬天得努力對抗黑暗。二〇一七年十二月二十二日是冬至，這段時期的日照時間極短，早上不到九點天是不會全亮的，下午才剛過三點就已經完全暗下來。
就算只有一瞬間，能夠看見遼闊藍天，心情就會跟著開朗，但是白天的天空卻一直覆蓋著厚重雲層，令人感到窒息。因此，有不少人在這段期間罹患憂鬱症或是酗酒。我能明白夜晚很長，讓人不禁就把手伸向酒精的心情，事實上也看見許多擺脫不了酒精的流浪漢。想要在冬天維持身心平衡，真的非常困難。

以前去拉脫維亞的時候，聽到一件令我興致盎然的事情。拉脫維亞以前自殺率很高，他們冷靜分析統計結果後，發現日照時間與自殺率息息相關。也就是說，日照時間愈短，自殺的人就愈多。因此，每逢日照縮短的時間，拉脫維亞就會舉國展開燈光藝術節。簡單來說，就是既然日照時間變短了，就努力藉由人工照明點亮城市，結果自殺率確實慢慢下降了。這種簡單又合理的作法，讓我不禁想要拍手叫好。
聽過這件事情後，我就會在冬季裡刻意點亮空間。既然冬天來臨，就更會避免窩在家中，會去咖啡廳、和朋友見面，想辦法準備更多愉快的活動。待在家裡時，也會聆聽熱鬧的音樂。

此外，幫助大家撐過冬天的重大心靈支柱，就是聖誕節。城市裡到處都會開設聖誕市集，人人邊喝著熱紅酒，邊挑選要送給親朋好友的禮物。一年中最煎熬的時期能有聖誕節，真的是最佳安排。

接下來，就是我第一次在柏林過冬了。那麼多寒冷、黑暗的感想讓我膽戰心驚，但是不親自體驗就不知道。我期許自己能夠邊哼著歌邊說：「出乎意料地沒問題！」然後平靜地迎接春天到來。

錢湯與三溫暖

日本也差不多迎來梅花綻放的季節了吧？光是寫出「梅」這個字，就有柔美的微甜獨特香氣流進腦中，讓我深刻體會到自己果然是日本人。我經常會莫名懷念起梅花。

待在日本的時候，我經常在傍晚前往錢湯。雖說是錢湯，其實是熱鬧市街的超級錢湯，而且還有溫泉湧出。明明座落在主幹道旁，卻有露天湯池，可以說是至高無上的享受。結束完一天的工作，只要單程接近三十分鐘的步行時間，就能夠來此轉換心情。前往錢湯的路上，有許多展現出四季更迭的事物，還能夠刺激小說靈感，對我來說是最佳犒賞。

這條路上有間幼稚園，校園裡的梅花樹每逢這個季節就逐漸盛開。雖然剛開始只是花苞，但是花苞會一天天膨脹起來，某天經過時，繁花盛開的景致就映入眼簾。對我來說，這就是春信。我一年四季都會造訪錢湯，但是最極致的享受還是在寒冷季節享受露天湯池。

為了享受泡溫泉的氣氛，冬天時我會在柏林公寓的浴缸裡放滿水，然後溶開黏土，如此一來，就能夠打造出類似日本溫泉的質感。剛開始光是這麼做就心滿意足，但是欲望卻隨之而生，想要泡在能夠將將手腳伸展成大字型的寬敞浴池、想要邊泡湯邊欣賞天空，就在這時朋友約我一起去三溫暖。

對喔，還有三溫暖這種方法。提到三溫暖時第一個浮現的是北歐，但是其實德國也有大量的三溫暖設施。雖然不能泡溫泉，但是藉此暖和身體也不錯。

但是，德國的三溫暖有道必須克服的門檻，那就是他們多半為男女混在一起，且人人都是全裸，已經不是在討論日本混浴的等級了。我不曉得這樣的風俗源自於什麼，總而言之，男女裸身混在一起，就是德國的三溫暖文化。

儘管剛開始飽受驚嚇而感到抗拒，但是實際嘗試後發現沒有人會盯著別人的身體看，讓人覺得也不過如此。比起這種事情，在三溫暖汗水淋漓才是最暢快的事情。

順道一提，在德國經常可見母親在人前大方哺乳。德國沒有哺乳室，嬰兒開始啼哭時，母親就會自然而然地哺乳，不會用斗篷遮掩。

這種不拘小節的行為，正是德國的優良之處。

溫泉漂浮

我去了一趟溫泉。這是去年就開始計畫的旅行，和好友三人一起過夜一晚。

很少人知道，其實德國也有許多溫泉。拚一點的話也可以當日來回，但是既然都要去泡溫泉了，我還是決定預約飯店住一晚。這是我第一次在德國泡溫泉。

從柏林搭列車出發後還要轉乘巴士，車程接近兩個小時。我是在正午時出發，所以就在列車上吃午餐。我們各自帶了小菜與點心，一起組成了野餐便當。

我將三人份的飯糰放進籃子裡帶著，配料的鹹鮭魚是在日本煎好帶來的。我平常做菜時調味偏淡，唯獨鮭魚喜歡重鹹大於淡薄的鹽味。鮭魚肉幾乎都像用鹽巴醃漬過一樣，放在冷凍就可以存放好幾個月。

我撕開了珍貴的鹹鮭魚，和白飯拌在一起後捏成壽司。朋友則帶了玉子燒、炒洋菇、煎糯米椒等，組成了豐富的午餐。

我們所待的這個小角落，完全就是身處日本，簡直就像正準備要去伊豆泡溫泉一樣。列車離開柏林一會兒後，窗外就盡是田園風景。

目的地的溫泉位在德國東部與波蘭邊境附近，住有許多斯拉夫語族的少數民族索布人。他們擁有獨特的語言與文化，使這一帶成為德國中獨具異族風情的地區。

溫泉設施本身很現代，其中更衣室非常有德國風格，令我驚訝萬分。男女竟然共用更衣室！唯一有性別區分的就是淋浴間。這樣的作風究竟算是有效率？還是單純招致混亂？我到離開時都還搞不懂。

能夠穿著泳裝使用的區域，設有泳池、浴池、三溫暖與休憩空間等，另外也有露天湯池。溫泉的熱度對日本人來說不夠燙，有點溫溫的感覺，但是畢竟身處異國，也不能要求太多。

值得一提的，是這裡的溫泉鹽分濃度很高，幾乎與死海並駕齊驅。不小心跑進嘴裡的水確實很鹹，身體還能漂浮在溫泉水面上。

漂浮在溫泉上的感覺很舒服。其實我以前曾去過愛沙尼亞的海水游泳池，光是放任身體漂浮在水上，就有種漫遊宇宙的感覺，意識會逐漸飄遠，進入冥想般的狀態。

結果我就一直漂浮到時間快到的時候。沉睡在羊水中的胎兒，或許就是這種感覺吧。

第四章 我家的滋味

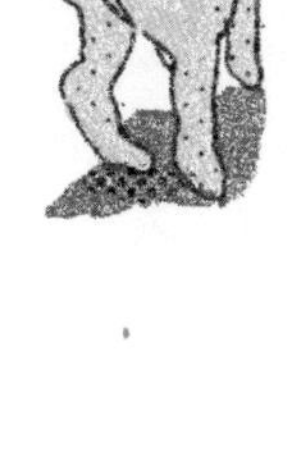

用文化鍋煮飯

我家總是用文化鍋煮飯。文化鍋是種鋁製深鍋，是戰後為了能夠輕鬆煮出美味白飯所開發的。但是隨著電鍋興起，現在幾乎不見蹤影。在如此風潮中，我仍經常使用文化鍋。我實在不太會用電鍋，每次要用的時候都得插電，用完後也得一一清理內蓋與小零件，相當麻煩。文化鍋的話不僅能夠煮飯，還能夠用來炊煮其他料理或是當成蒸鍋，用途比較廣泛，但是電鍋就只能用來煮飯而已。再加上電鍋很佔空間，所以與我的日常生活相距甚遠。

我家用來代替電鍋大展身手的，是精米機。理由很簡單，就是為了能吃到美味的飯。家中有精米機的話，就可以隨時吃到現碾的白米了。

為我家供米的是山形農家的清水先生。他們每次會送來5公斤的糙米，快用完的時候，就傳真過去再訂5公斤的米。我們與清水先生已經往來許久了。

在自宅精米不僅能夠讓每餐飯都吃到新鮮的米，還可以自行製糠，如此一來，就可以在家中享受培養糠床的樂趣。而且是從無添加農藥的米製成的，使用也安心。如此一來，就能夠毫無浪費地完全發揮糙米的功能。

前幾天，我家買了新的文化鍋。舊文化鍋的蓋子有一部分好幾年前就壞掉了，平常都湊合著用。但是這麼做實在太累了，於是我決定購買尺寸完全相同的文化鍋。

就來說說第一天使用的狀況吧。我將剛送來的新米磨好之後，放進表面亮晶晶、完全沒有傷痕的文化鍋，倒水之後就擱在爐子上加熱。首先用大火煮至沸騰，等蓋子發出喀噠喀噠的聲響再轉成小火煮十五分鐘。最後關火前十秒轉成大火，關火後，再悶一下就可以了。

我想像著白到發亮的耀眼米飯，期待感在內心不斷茁壯。

沒想到鍋蓋完全密閉了，無論我怎麼拉、怎麼敲都絲毫不動。

這下尷尬了。我已經準備好糠漬物，連味噌湯都煮好了，沒想到最重要的白飯卻……查了一下才知道這時只要重新開火就好了。而且當發現用冰塊冷卻會造成反效果時，讓我相當錯愕。

終於打開蓋子，離煮好飯已經一小時了，裡面的米變得相當乾硬。

「不該是這樣子的啊……」浮現如此念頭時，我忽然想起買來第一個文化鍋時，也發生過相同的事情。

御節料理與願望

這幾年的過年期間多半會在東京度過，這是我一年內最喜歡東京的時期。首先，用肉眼就看得見空氣變澄淨了。這是因為交通量大減，排放到空氣中的廢氣變少了吧？而且，這幾天的東京多半天氣晴朗，能夠盡情欣賞宜人的藍天。

平常朦朦朧朧的富士山，每到這個時期就連待在我家附近，都能夠見到清晰的模樣。富士山果然很美。山麓線條優雅地往外展開，每次看見都覺得自己賺到了。

人人都很放鬆的這個時期，連空氣都變得平穩。或許是因為空氣不再緊繃，總覺得這段日子過起來特別自在。

年底這幾天我都在製作御節料理，幾乎整天泡在廚房忙碌。每年必定會做的就是伊達卷、五色生菜絲與黑豆，尤其伊達卷，更是會在逼近過年的最後一天專心製作。

將築地買來的鱈寶（以魚漿製成的鱈魚豆腐）切細後與雞蛋混在一起，用小火慢慢煮熟，就成了我家的特製伊達卷。多做一些伊達卷分送給平常對我們多方關照的鄰居或親友家，正是我每年的例行公事。除夕夜通常會吃壽喜燒。吃壽喜燒的話，只要事前準備好材料即可，不必花太多工夫籌備，善後也很輕鬆。由於天氣很冷，我鮮少去除夕敲鐘。

元旦這天要喝屠蘇酒、吃雜煮，下午就會專心寫賀年卡。寄出賀年卡後就會去拜氏神作為新年問候，我會拿著關照我一整年的破魔箭，聽著鈴鐺清脆的聲響，沿著河邊的閑靜步道步行前往。

我不知道其他人都許了什麼願，不過，總是在心中低喃著相同的禱詞。所以今年也祈禱著希望世間萬物都能享有和平！

不知不覺間，我已經不再設立宏大的目標，覺得每天平平淡淡的，能夠平安無事過日子就很好了。

啊，不過我還是有幾個小小的目標。其中一個是學會德文，這是去年開始的課題，我將學會德文視為四十多歲的一大挑戰。雖說去了德國那麼多次，才終於想到自己該這麼做，實在是遲鈍到讓我自己也覺得荒謬。

現在我的眼前擺了幾本德文參考書，首先，就從翻開參考書開始吧。

祖母的美式鬆餅

度過童年的老家擁有煤油爐，外型圓滾滾的，像是老式的球狀爐。每逢冬天就經常用來煮鍋物，鍋中煮著黑輪或蔬菜等，全家一起吃壽喜燒時就擺上鍋子，要烤麻糬時就架上網子烤。因此煤油爐周邊總是飄散著香氣。

以前住的東京公寓，冬天時會使用煤油爐取暖。坦白說，使用煤油爐絕對稱不上輕鬆；每次都必須用加油槍添加煤油，而且途中煤油燒盡時，火會突然熄滅，散發出惹人厭的臭味。但是，其他類型的暖爐不能用來烹煮，所以就遲遲不想更換。

如果有煤油爐，將蘋果削好皮放入無水鍋，就能夠輕易做出糖煮水

果，而且可以用小火慢慢加熱，非常適合煮豆子。取暖之餘烹煮料理，可以說是一石二鳥。最重要的是，僅僅是家中有火，就能讓心沉靜下來。

遺憾的是，現在的家使用地暖系統，所以煤油爐就派不上用場了。雖然不用擔心釀成火災，腳底總是暖呼呼的很舒服，堪稱完美，但我還是時不時懷念起煤油爐。以前想稍微煮個白蘿蔔時，只要將白蘿蔔放進鍋中再擺到煤油爐上就行了，現在卻得特地打開瓦斯爐。

我由衷憧憬著壁爐或柴火暖爐，但是住在都市公寓中幾乎不可能實現。雖然我計畫著遲早要過這樣的生活，但是現在還只是夢想而已。

每次談起煤油爐，我就會想起一些場景。

大約是國小一年級的時候，我曾任性地對祖母吵鬧：「為什麼別人家的媽媽都是做蛋糕，阿嬤做的點心都這麼土氣？」結果隔天祖母就將平底鍋擱在煤油爐上，為我煎起了美式鬆餅。祖母是出生於明治時代末期的人，肯定是第一次像這樣親手製作所謂的西點。她小心翼翼翻著平底鍋上麵糊的模樣，至今仍歷歷在目。我至今未曾吃過比當時更好吃的鬆餅。

回頭想想，祖母對我的愛，正是我人生獲得最大的恩惠。

百合根與點心

今年是狗年。最近狗狗的氣勢似乎快被貓咪壓過，所以這對狗派來說，是久違能夠抬頭挺胸的一年。

我家愛犬名叫「百合根」，如字面上的意思，長得與年菜中登場的百合根很像，可以說是我家的女兒。人們都說孩子是家庭的潤滑劑，狗狗也是。

我家百合根深愛著「吃」這件事情。大多數的狗狗都是貪吃鬼，但是百合根明顯超出了一般程度。

牠對食物的執著非比尋常，帶百合根造訪別人家時，牠第一步就是衝進人家的廚房，找看看有沒有什麼能吃的掉在地上。無論怎麼告誡牠，也曾委託專業的訓練師，卻始終治不了牠在散步途中亂吃的壞習慣。大部分的狗狗都會先認真聞過氣味後才開始吃，但是百合根一開始就會直接咬進嘴裡，再開始判斷能不能吃。對此我不禁深刻反省，肯定是我在牠小時候用錯教養方式了吧？散步途中亂吃的話，嚴重可能會致命，所以得想盡辦法阻止牠才行。

我跟外子呼喊「百合根」時，牠很少聽話過來，就算說了「過來」也通常會被無視。但是牠卻對「零食」這個詞彙非常敏感，每次聽到，眼神都會閃閃發亮。

百合根經常在散步途中鬧脾氣不肯繼續走，這時說聲「回家就可以吃零食了」，百合根就會露出思考一會兒的表情，然後彷彿理解話中含意，開始朝著家的方向邁進。每當百合根掙脫我的控制、跑到很遠的地方時，我就得大喊：「要吃零食嗎？」這對百合根來說就像魔法的咒語。貪吃，也該有個限度。

看著百合根，心中會浮現疑問：「這樣好嗎？」對吃過於執著的百合根，對其他事物興趣缺缺。確實，包括人類在內的動物，都必須為了生存而進食，但是反過來說，就是變成為了吃而生存。

話題跳得有點遠，但是我認為日本也有相同的狀況。日本食材豐富且食物美味是不可否認的事實，然而正因為好吃，就把注意力都集中在食物上面，原本也應對其他事物灌注能量，卻因此而疏忽了。當然，我自己也是如此。

每天的三餐都很美味是件很棒的事，但太過美味或許反而危險。看著我家貪吃的百合根，不禁興起了危機意識。

母性

我家會開始養狗，是因為嘗試了不孕治療。我本身並沒有很堅持要生小孩，但眼看四十大關將至，總覺得這是最後的機會了，好像連神明也在催促著我，總覺得不試試看也不曉得。

然而，我心中一直有道心結。畢竟我本來就不怎麼執著血脈傳承，我認為凝聚家人的不是血緣，而是一起度過的時光。

這時我遇見了住在附近的針灸師，從以前就常常行經對方的家，雖然知道那裡有間針灸院，卻一直都只是過門不入。某天，我突然興起想去試試的念頭，那大約是三年前左右的事情。

針灸師養了兩隻狗，但是當時的我對狗狗沒有特別的想法，頂多就是要我從貓狗中選一個的話，我比較喜歡狗而已。

治療的同時，我們聊到其他患者的不孕治療，於是我便坦白表示自己也是。針灸師平靜表示：「人類小孩和狗狗都是一樣的喔！」並且聊到自己最近非常喜歡一隻狗狗，所以準備帶回來成為家中第三隻狗。

「妳有養過狗嗎？」針灸師問道。

「沒有，我養過最大隻的就是兔子了。」我如此回答。結果對方如此提議：「既然如此，小狗來我家之後，可以偶爾借妳養養看，試著養狗如何呢？」

行動派的針灸師幾天後就把狗狗帶回家了，那是他家的第三隻狗狗。然後很快就表示要把這隻命名為KORO的小狗借給我。

我有點不知所措，但仍去迎接KORO。這隻白毛上遍布深灰色花紋的可愛幼犬，正活潑地在家中跑來跑去。接種預防針之前還不能讓KORO接觸地面，所以我是將牠放進絎縫包中，小心翼翼地抱回家。

原本只有夫婦兩人的生活中，突然多了一隻狗。轉眼間，我們夫妻倆就迷上了KORO，好可愛、好可愛，可愛得不得了。我們引頸期盼著能見到KORO的週末，每次將KORO送回針灸師家時也非常捨不得。和KORO相處的過程中，我逐漸看清自己所追求的事物。我渴望擁有能夠盡情去愛、去養育、去疼愛的對象，簡單來說，我想要能夠傾注母愛的對象。就如同針灸師所言，這個對象，無論是人類還是狗狗都一樣。

就這樣，我家展開了一到週末會有狗狗來訪的生活。

群體生活

透過週末照顧狗狗的經驗，我慢慢了解起狗狗的世界。我年幼時曾養過鸚鵡與兔子，但是幾乎完全不具備狗的相關知識。相較於鸚鵡或兔子，狗狗的感情豐沛許多，和人之間的距離更近。

在此之前，我們的生活只有夫妻倆，由於經常外出旅行的關係，陽台一個盆栽也沒擺。而狗狗突然來到了這樣的環境，這種模樣與自己截然不同的另一種生物本身，對我來說新鮮得不得了。

只有夫妻倆的時候，就算各做各的事情也無所謂，但是再加上一隻狗的話，群體感就更加強烈了。和狗狗相處的過程中，經常實際體驗到：「原來這就是家庭！」我們將KORO夾在中間睡成川字型，更是至高無上的幸福。

儘管如此，KORO是借來的，我們並非正式的主人。剛開始覺得這樣比較輕鬆，但是漸漸就覺得不過癮。最重要的，是週日傍晚將KORO送回針灸師家中時的心情，實在太過難受。

我們果然還是不能只想享受好處。我想要好好負起責任，養一隻屬於我家的狗狗。我並沒有花太多時間就下定了決心。

就這樣，我們在兩年前正式迎接了自家的狗狗。這隻取名為百合根的狗狗，一如其名一身雪白，被毛也很蓬鬆。不必還給別人的安心感，令我的心境輕鬆多了。百合根，是我們真正的家人。

百合根來家裡時才出生三個月左右，連走路都還走不穩。特地準備的幼犬專用背帶鬆垮垮的，讓我很擔心，自己會不會一不小心就踩到這麼小隻的百合根。

光是看著百合根打呵欠、跳躍、睡覺等一舉一動，就有一陣幸福感湧上，讓我總是看著牠，什麼事情也做不成。

如針灸師所說，我不覺得人狗之間有什麼不同。但是人類嬰兒隨著成長會逐漸獨立，狗狗不管長到什麼年紀，都必須依賴飼主生存。光從這一點來看，養狗的責任更加重大。而且也必須做好心理準備，不能忘記狗狗的壽命比人類短了許多。

百合根幼年時期確實看起來很可愛，我對百合根的感情也日漸加深。百合根每天都給了我數不盡的禮物，讓我開心、憐愛與歡笑。百合根的到來，強化了夫妻間的羈絆，和我們一起成為完整的群體。光是百合根出現在我眼前，我就覺得心裡非常踏實。

年輪蛋糕

第一次造訪柏林是二〇〇八年的春天，正是白蘆筍出來的季節，所以我記得很清楚。

契機是我在為日本航空公司撰寫機內誌，所以是受託前往工作，而非自己選擇的旅行。畢竟是第一次前往柏林，所以我連德國都沒去過，整個國家對我來說就是未知的國度。

這樣的我，如今卻在柏林租了間公寓生活著，如果當時沒有接下機內誌的工作，就不會有這樣的未來了。想到這裡，就不禁深深覺得緣分真是不可思議。

雖然只待了幾天，但是當時感受到的柏林氛圍非常舒服，人人皆以各自的樣貌自在生活著，打從心底享受活著這件事情——我眼裡的柏林，就是這個樣子。

柏林市中心有遼闊的公園，路邊也種有許多路樹，綠意盎然的街景令我印象深刻。樹木很多，所以能夠聽見我最喜歡的鳥鳴聲，從四面八方傳來。

肯定是當時為我導覽的協調員，讓我感受到柏林的魅力的吧？多虧了她的介紹，我才徹底迷上了柏林。

協調員在我出發前，詢問我想在柏林體驗什麼，我第一個提出的就是年輪蛋糕。我當時認為，去德國肯定能嘗到非常美味的年輪蛋糕。

現在回想起來，能理解到當時這個要求有多為難人。一提到德國，我就會聯想到年輪蛋糕，但是事實上，年輪蛋糕在德國並非常見的點心，甚至還有根本不知道年輪蛋糕的年輕人。

柏林雖然有幾間販賣年輪蛋糕的店家，但老實說，還是日本的年輪蛋糕美味得多。

不只是年輪蛋糕，可以說全部的點心都是如此。德國點心尺寸都很大，要不是極甜，就是味道極淡。年輪蛋糕的德文是「Kuchen」，其實泛指所有烤出來的點心，所以日本才仿照「Kuchen」而創造出了「Kuechen」這個詞彙蒙混吧。

話說回來，德國這幾年的點心狀況也出現變化，近期連我家附近也吃得到美味的蛋糕了。不過，一間是法式甜點店，另外一間是義式起司蛋糕，嚴格來說都不是德國點心。

不過這部分我打算學習德國人，不要太過計較。

夏季的葡萄酒節

很多人認為德國葡萄酒太甜又不好喝，我以前也是如此。實際來到德國喝過葡萄酒後，才發現事實不是這樣。主要是因為日本進口的德國葡萄酒幾乎都是很甜的類型，日本人才會對德國葡萄酒產生如此誤解。

提到德國通常會想到啤酒，但是德國的葡萄酒其實也不容小覷。尤其白酒更是優質，我很喜歡用麗絲玲葡萄製成的白酒，所以經常飲用。這種白酒的滋味深沉，無論價格多麼便宜都能夠放心享用。

我每週五傍晚都會到某座廣場享用葡萄酒。雖然這座廣場離柏林市中心有點遠，卻是葡萄酒迷之間口耳相傳的好地方。

德國葡萄酒知名產地的酒莊，會在夏季帶著自家釀造的葡萄酒來到這座廣場。過一陣子又會有其他地區的酒莊，帶著自家商品登場，因此只要造訪這座廣場，整個夏天都能嘗到許多酒莊的葡萄酒。

傍晚六點半集合後再前往會場，抵達時廣場上已人山人海。綠意豐沛的公園一角擺著長椅與桌子，桌上則擺滿了誘人的佳餚。這場葡萄酒節只供應葡萄酒，但是參加者可以自己帶喜歡的食物。有些人還從家中帶來白色桌巾，在此享用優雅的晚餐。

我們用剛學會的德文努力確保座位後，就分頭去買各自的葡萄酒。店家供應葡萄酒時，就像往豬口杯倒滿日本酒的感覺一樣，大方地倒滿至接近紅酒杯的杯緣。這種讓人喝到飽的舉止，實在太有德國作風了，我不禁笑了出來。

我小心翼翼端著酒杯避免溢出，好不容易回到座位後，便與同伴們乾杯。在青空下享用朋友製作的三明治、剛從田裡採來的草莓等下酒菜，一邊品味著葡萄酒，真是極致享受。

同一張桌子上坐了七十多歲的母親與其子，旁邊還有說著西班牙文的團體，途中大家逐漸聊了起來，數度乾杯或是交換料理，氣氛非常熱烈。和兒子一起來的母親喝到心情放鬆，言行相當豪邁。我的德文雖然還很基礎笨拙，卻能與德國人順利聊天，令我相當開心。

奇怪的是一到活動結束的晚上九點半，大家瞬間就都跑光了，完全表現出德國人追求時間精準的特質。我們後來去附近的餐酒館繼續喝，回到家已經過了午夜一點。

這可說是讚頌短促夏季的最佳生活方式。

驚喜

我前往泰格爾機場迎接外子。由於我事前告訴外子「會在公寓等你」，所以這其實是個秘密驚喜。當然百合根也一起去了。

這三個月外子住在東京，我住在柏林。交往至今二十年多一點，結婚已經十七年了，我們第一次分居這麼久。雖然有些不安，卻只能試試看了。我早就做好心理準備，打算如果因為這樣影響了兩人關係，再來想辦法解決。

我們剛認識的時候，手機、電子郵件與網路都尚未普及。結果環境在這二十年間出現劇烈變化，現在無論身處世界何處，只要能夠連上網路就能夠看著對方的臉聊天，而且還不用花錢。在海外緊握硬幣打電話回國，珍惜每一秒的時代已經結束了。

我們夫妻倆這次也深受這種文明利器的關照。相反的，如果少了這些科技，就不可能分居德國與日本長達三個月了吧？每天都能夠輕鬆看著對方聊天，而且還不限次數，坦白說，消弭了不少寂寞。尤其我身邊還有愛犬陪伴，所以生活上不於至太孤單。

但是獨自留在東京的外子就不同了。雖然能夠和我透過視訊交流，但是百合根不曉得是聽不出外子的聲音，還是根本搞不清楚狀況，總是不肯面對鏡頭。

對外子來說，相較於和我分隔兩地，與百合根分離這麼遠讓他感觸更深。不知不覺，我們兩人一犬已經變成難分難捨的家庭了。

外子的飛機到達時間是傍晚六點，我和百合根在泰格爾機場的入境大廳，眼巴巴地等待外子出現，而外子根本沒想到我們會在這裡。

我用德文手寫了一張「歡迎！」的牌子，吊在百合根的脖子下方。

雖然百合根一直想弄掉垂在脖子下的紙，但是為了這場驚喜，只能讓牠稍微忍耐了。這一切都是為了睽違三個月的家庭團圓。臉上略帶疲憊的外子，雙手拉著行李箱從出口現身。看到他要直接從我們面前經過時，我趕緊出聲呼喊，外子的表情瞬間柔和了。回到公寓後，我們舉起啤酒乾杯，這下子全家人終於可以住在一個屋簷下了。看到外子平安到達，讓我終於放下心裡的大石頭。

猶如牛蒡之物

我在附近的超市看見很像牛蒡的食材。雖然外表不管怎麼看都是牛蒡，但是我至今從未在日本以外的國家看過。如果是亞洲風格的超市倒有可能，然而這裡是柏林極其普通的超市。

我在國外時格外懷念的食材中，首先就是根莖類蔬菜，像是芋頭、蓮藕等，所以要長時間離開日本的話，我總是帶著製成乾貨的根莖類蔬菜，然後一小塊一小塊很珍惜地使用。

買了這個很像牛蒡的食材後，就興高采烈地回家查詢德文字典，結果發現這果然是牛蒡，正式名稱是菊牛蒡。我決定趕快拿去和牛肉一起煮成牛肉滷牛蒡來配飯。

但是要切的時候才覺得不對勁，食材好像沾了口香糖一樣黏黏的。但是，深信這是牛蒡的我將其視為錯覺，強行繼續調理，滿腦子都是充滿膳食纖維的牛蒡口感，期待已經高漲到最大值。

這種牛蒡煮熟的速度很快。平常我煮到一半時會試味道，這次卻害怕得不敢嘗試。將晚餐擺上餐桌後就呼喊外子。

「我今天在超市看到牛蒡，所以就和牛肉一起煮了。」

我邊說著，邊示意外子先吃。

「如何？」

「嗯……」外子的表情暗了下來。果然是這樣啊……

我下定決心後挾了口來吃，結果也露出和外子一樣的表情。

味道非常奇特。那感覺就是雖然知道是牛蒡，還是會懷疑真的是牛蒡嗎？確實長得跟牛蒡很像，卻與我心目中的牛蒡不一樣。該怎麼說呢？口感就像薯蕷一樣清脆。要說這是牛蒡與薯蕷的混種，我倒是可以接受。

不經一事，不長一智。在國外想吃道地的和食，總得費盡千辛萬苦。這裡無論是米、醬油還是味噌都非常昂貴，但是待久了就會懷念起和食。因此大家能自己做的話就會自己做，我有朋友手工製作烏龍麵，另外一位朋友去年則自己做了味噌。看來我也得加油了！

第一個要挑戰的，就是製作納豆。這裡雖然買得到納豆，價格卻相當貴，不能經常購買。但若是自己做的話，就可以盡情將愛吃的納豆淋在飯上享用，因此我便從日本帶來了納豆菌。

讓煮過的大豆沾滿納豆菌後，必須保溫一整天，所以我就運用了熱水袋，只要偶爾換掉熱水袋中的熱水，再以不用的棉被包起就好。然後，結果終於揭曉——

納豆確確實實地完成了。淋上醬油與橄欖油一起享用，就成了我在柏林特有的吃法。

口袋名單中的餐廳

義大利有一間我很喜歡的餐廳，第一次前往是在三年前的夏天，當時因為這裡的餐點太過美味，緊急變更旅遊計畫，在回家之前再度造訪。總之，我對這裡的喜歡，已經到了就算特地跑到義大利用餐也不奇怪的程度。

這間餐廳創業於一九三四年，是由家族營運的，位在北義大利山間的小村莊，最靠近的車站是波隆那車站，但是距離也要車程三十分鐘以上。也就是說，這間餐廳的地點絕對稱不上方便。儘管如此，每天仍坐滿了特地前來享用美食的客人。這座村莊擁有這間餐廳，肯定覺得很光榮吧？這裡可以說是村莊的門面了。

儘管位在偏遠地區，整間餐廳卻屬於超一流，高級到讓我陶醉其中。首先是凜然的外觀，乾淨閃亮的窗戶、雪白色的麻質窗簾與桌布、擺飾用的古老餐具等，每個細節都令人不禁挺直腰桿。儘管如此，卻沒有呈現出令人緊張的氣氛，不會豪華得讓人難以放鬆，正是這間店的魅力。

之前與朋友一起造訪時，看見可能是住在附近的男性，穿著涼鞋獨自來吃了盤義大利麵後就離開了。儘管如此，也有全家穿著正裝的三代大家庭，在此花了好幾個小時吃慶生大餐。這種海納百川的精神，令我欽佩。

我也希望自己能夠輕輕鬆鬆來吃盤義大利麵就回家，但是我還沒辦法這麼隨興，所以還是好好地從前菜開始享用。

七十歲才透過這次旅行第一次踏進義大利的朋友，從第一道韃靼牛肉就深受吸引。

柔軟新鮮的生牛肉上，放上了大約跟薯蘋昆布切片一樣薄薄的松露，入口就散發出柔和的森林香氣。我們著迷地一口接著一口，轉眼間盤子就空了。每道料理共通的特點，就是平衡絕妙的鹽。

重頭戲是湯義大利麵。包著豬肉等餡料的小巧義大利餛飩，泡在法式清湯裡，滋味好到讓我不管吃了幾次都還想再吃。要手工製作這種猶如迷你餃子的義大利餛飩，肯定費工得令人投降。

若將義大利分成南北來看的話，我會斬釘截鐵地選擇北義大利。這道義大利餛飩，象徵著認真端正的北義大利人氣質，讓我愈吃愈喜歡北義大利了。這間餐廳就是我不想告訴別人，卻又好想大肆介紹的口袋名單。

身體的變化

我三十多歲時曾兩度到蒙古體驗遊牧民族的生活，第一次是嚴寒冬季，第二次則是夏季。夏季那次總共待了三週，幾乎都在鄉下的蒙古包度過。

第一次待得非常愉快。雖然很冷，但是在無法確保隱私等的空間中，與蒙古家庭宛如一家人般起居，一起圍著火過日子的時光無可替代。但是，第二次就很痛苦了。首先待的時間太長，所在地離烏蘭巴托車程要好幾個小時，也完全沒有網路。白天酷暑、入夜後又嚴寒，在這樣的溫差之下，夜間多半冷得輾轉難眠。我每晚都在考慮變更行程，明天就回日本吧！

但是飛機並非每日航行，就算想回日本也不是那麼簡單。再加上沒有網路，根本得不到任何外界資訊。結果就如預計待了三週才回日本，見到睽違三週的外子時，外子劈頭就說：「妳的眼神好像野獸，殺氣騰騰的好恐怖！」

雖然我自己沒有察覺，但或許是蒙古過於痛苦的生活，不知不覺間引出了我的野性。

其中最痛苦的就是飲食。簡而言之，完全沒有蔬菜。據說蒙古游牧民族中，有人一輩子都沒吃過蔬菜，飲食以肉類與乳製品為主。早中晚的主要飲食內容就是肉。

我的飲食以蔬菜為主，比起肉更愛吃魚，根本完全相反。這樣的飲食讓我的身體發出哀號、引起罷工。此後我出國時一定會帶著冷凍乾燥的味噌湯與煎餅，因為一天至少吃一次熟悉的滋味，才能調整身心規律，消弭吃不慣造成的水土不服。

這樣的我開始在柏林生活後，雖然能夠照常食用蔬菜，但是沒辦法頻繁吃魚，只能改以肉為主菜。

結果我幾乎半年都沒吃魚，並發生了驚人的變化。回到日本後發現，這次身體變得沒那麼愛魚肉了。吃是可以吃，吃起來的美味程度卻不如以往。或許是久違回到能夠吃魚的環境，不小心吃過頭導致的，總而言之，我的身體變得比較想吃肉了。這樣的變化著實令我嚇了一跳。

我的身體已經慢慢適應柏林了吧？經歷過蒙古那次痛苦的經驗，我對於自己的適應力小有成長，感到欣慰。

自製味噌

童年時的早餐固定是白飯和味噌湯，幾乎沒吃過麵包。當時認為吃麵包比較西式，所以很羨慕那樣的早餐。但是不知不覺間，卻養成了早餐不吃和食就躁動的身體。

住在國外時有沒有喝到味噌湯，也會大幅左右身體感受到的負擔程度。無論是多麼美味的餐點，每天一直吃的話會覺得膩，身體就會開始發出「啊～好想喝味噌湯」的訊號。

我個人對味噌湯的執著，比對白飯還要強烈。對我來說，最重要的就是味噌湯。所以出國旅行時，我會如同帶著護身符般地攜帶沖泡式味噌湯。

我在這個冬天挑戰製作味噌。其實，幾年前我曾在日本嘗試過一次，但是卻做不出理想的滋味，還是得交給專門的味噌業者才行。今年有大半年的時間待在柏林，雖然柏林買得到味噌，但是選擇沒有多到可以依喜好挑選的程度。再加上味噌是頗具代表性的保存食品，添加防腐劑與化學調味料等的商品不少，因此導出了還是自己做最安心的結論。而且，住在柏林的朋友們，也各個都會自製味噌。

幸好柏林有製作麴的人，所以請對方分了我一些。對方製作的是生麴，有麥麴與糙米麴這兩種，既然如此，當然就兩種都用來試作，比較一下滋味的不同。

味噌的原料只有麴、大豆與鹽巴。大豆用蒸或水煮軟化之後，用果汁機打成膏狀，最後再與事前拌好的麴與鹽巴混合即可。我沒有壓力鍋，雖然得多花點時間去煮大豆，但是做起來仍相當簡單。

我記得以前製作味噌時沒有使用果汁機，而是用磨缽搗碎。當時期待這種做法能夠增添手作感，結果途中就累壞了。將這個程序交給果汁機的話，味噌製作起來，其實出乎預料地輕鬆。

再來就是注意不要發霉，只要放著不動即可。但是聽製作味噌的老手說，發霉好像是理所當然的，所以或許也不必太過在意。

我家的味噌也差不多可以吃了吧？等春暖之時再和朋友交換味噌，也是住在柏林的樂趣之一。

第五章

雙六人生

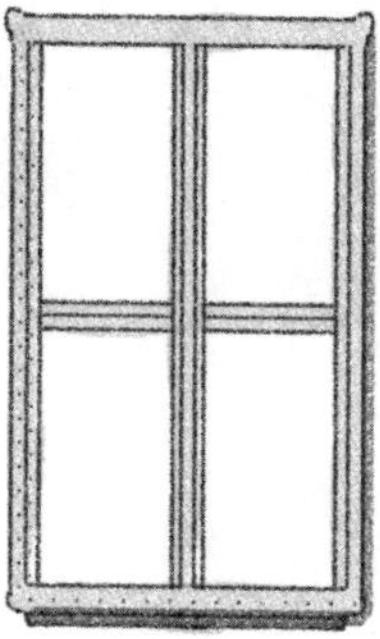

大衆澡堂

傍晚聽到《晚霞（夕焼け小焼け）》的音樂時，就抱著泡澡用具雀躍地散步出門，目的地是隔壁鎮的天然溫泉。說是溫泉，其實也就是城鎮中的一處設施，和錢湯沒什麼差異。設施旁就是大馬路。

單程三十分鐘的路途就當作每日的運動，同時藉由路邊搖曳的花草感受季節更迭，一路欣賞散步途中的小店商品。前幾天還在出乎意料的地點，發現了出乎意料的雜貨屋。

原本打算隨便看一下就離開，結果一台打字機吸引了我的注意力，不禁和店主聊起了打字機，離店時太陽已經完全下山，天色都暗了。這種不經意的偶遇，正是去大眾澡堂的樂趣之一。

來泡澡的人幾乎都住在附近。有社團活動剛結束、與朋友一起來的國中生，剛忙完的主婦趁晚餐前獨自來泡澡，也有牽著孩子造訪的年輕母親。另外也可以見到穿著工作服的男性，應該是工程人員吧？千元有找的泡澡費用，對庶民來說相當適合，能為日常帶來小確幸。洗好頭髮、清洗身體後，就可以去戶外泡湯，放鬆到滿意為止。就算與大馬路相鄰，露天湯池就是露天湯池，天空就是天空。恢復最原始的模樣，大聲呼出胸口的悶氣，四肢展開地躺坐在寬敞的湯池中，除了幸福之外沒有其他詞彙可以形容了。這世界上沒有任何事物勝過這種解放感了。啊～真是好湯。

只要全身赤裸，無論這個人從事什麼樣的工作？年齡多大？是否已婚？或是離婚了？都無所謂。這時唯一有的就是各自的身體。我認為像這樣恢復最原始的自我，是非常重要的一件事情。

溫泉同時也是交換資訊的場所。聽著隔壁湯池阿姨們熱烈的談話，就會知道哪間超市正在特價。這裡沒有人知道我是寫書的人，所以都會輕鬆地朝我搭話。雖然有時會被指責，但是這種新鮮的體驗也令我開心，完全不希望有誰朝著我喊「老師」。不是任何人寫作就足以稱為老師。世界上當然有值得尊稱為老師的作家，但是也有像我這種配不上尊稱，卻持續寫作的人。泡溫泉的時候不必別著名牌，也不必擔心別人來喊我老師。每個人都只是一個人，沒有優劣之分。

易怒的人

世界上有易怒的人。這裡的「易怒」是指一下子就爆炸。憤怒的沸點很低，一旦發怒就會燃燒起來，且無法自行熄滅，於是就放任情緒衝腦，對他人盡情宣洩怒氣。

當然，如果是理由正當的憤怒，就必須道歉才行。自己造成對方的困擾而被罵，當然應該要坦率道歉。但是世界上確實存在並非如此的狀況，站在我方的角度簡直是無端發作的怒氣。而且這種無端發作的怒氣最近似乎有增加的傾向，想來是與整體社會壓力的累積、社群網站等交流手段的增加有關吧？

我自己會盡量避免做出如此行徑，並盡量與有這種狀況的人保持距離，可以的話，日常生活中也會避免與對方有任何接觸。這種人一旦發怒就很難應付，會為了主張自己才是有理的一方而卯起來攻擊別人，直到最後一刻。

以前遇到這種無端發作的怒氣時，我自己也會很憤怒。但是活了四十年，也經歷過許多，早就明白以怒制怒完全無法解決事情。

以怒制怒就如同火上加油，雖然最好的方法是無視，但是這需要相當程度的忍耐力。首先，要沉默忍受對方盡情亂罵，聽對方說一些讓自己很不高興的話，可以說是難如登天。

雖然也可以等對方怒氣自然平息後，再冷靜表達自己的不滿，但是這種人很可能在我方表達時再度發怒，總而言之，非常難應付。最好的方法，還是不要與對方扯上關係。

仔細觀察會發現，一下子就打開憤怒開關的人，簡單來說總是膽戰心驚。他們戰戰兢兢地擔心著是否有誰要來危害自己，整體構成就像動不動便吠叫的狗。

因為他們總是害怕被傷害，所以即使對方抬起手想要擁抱，他們也會誤以為對方想毆打自己，反過來先毆打對方。他們總是從負面角度解釋萬物，結果反而自己主動投向負面的境地。

要悲觀還是樂觀接受萬物，對人生來說非常重要，對吧？我個人是追求樂觀，且大而化之的生活態度。

但是，若不幸遇到易怒的人並慘遭牽連時，我會在發怒前冥想。首先必須穩住呼吸，讓心靈冷靜下來。

自己的幸福與某人的幸福

我每晚睡前、早上起床等時候都會躺在床上冥想。每次會在內心誦唱著相同話語，內容有點長，但大約是這樣的感覺——

希望我可以幸福。希望我的煩惱與痛苦可以消失。希望我的願望能夠實現。希望能夠出現指引我頓悟的光。

希望我親近的人們能夠幸福。希望親近的人們煩惱與痛苦可以消失。希望親近的人們願望能夠實現。希望能夠出現指引親近的人們頓悟的光。

希望世間萬物能夠幸福。希望世間萬物的煩惱與痛苦可以消失。希望世間萬物的願望能夠實現。希望能夠出現指引世間萬物頓悟的光。

希望我討厭的人們能夠幸福。希望我討厭的人們煩惱與痛苦可以消失。希望我討厭的人們願望能夠實現。希望能夠出現指引我討厭的人們頓悟的光。

希望討厭我的人們能夠幸福。希望討厭我的人們煩惱與痛苦可以消失。希望討厭我的人們願望能夠實現。希望能夠出現指引討厭我的人們頓悟的光。

然後最後再祈禱一次，希望世間萬物都能夠幸福後結束。

剛開始實在很難記住，但是一旦記住就很簡單。尤其是剛開始的時候，對於要為我討厭的人們與討厭我的人們祈禱，內心有些抗拒。但是現在已經沒有任何這樣的想法了。

這是斯里蘭卡僧侶蘇曼那沙拉所提倡的冥想法，我得知這個方法，差不多有十年以上了。在友人介紹下，讀了蘇曼那沙拉的書，進而得知這種冥想法。

這種冥想法的優點，是一開始先祈禱自己的幸福。自己不明白何為幸福的話，就沒辦法為他人帶來幸福。我認為想讓某人幸福這個想法本身，就是一種傲慢。但是，如果是以自己的幸福為基礎，自此延伸出他人的幸福，倒是一件非常好的事情。

蘇曼那沙拉大師表示，佛教不是一種宗教，而是心靈的科學。或許就像是某種指南書般，幫助人們活得更加自在。自從將冥想融入生活之後，我發現人生慢慢變輕鬆了。有興趣的人也請務必嘗試。

蒙古的天空，鎌倉的海洋

我在十八歲時來到了東京。當時覺得到東京唸大學是件理所當然的事情，畢業後在東京找工作也是理所當然的。但是，其實住在哪裡都無所謂，只要能夠由自己決定場所就好。

讓我學會這個道理的，是蒙古。第一次去蒙古玩的時候應該是二〇〇九年吧？當時是屬於當地嚴寒時期的三月，我寄宿在遊牧民哈雅那的屋中。與其說是屋子，其實是蒙古包，簡單來說就是帳篷。遊牧民族會預測未來數年的草原狀況，與羊群一起遷移，遷到新地方時再建好蒙古包定居。

半徑約數公尺的空間裡住著八個人，再加上飼養的羊群等，就成了龐大的族群，毫無隱私可言。廁所當然設在戶外，電燈則是靠白天儲存的少許太陽能發電。一切都與東京的生活相距甚遠。

離開哈雅那蒙古包的那一天，我躺在地面上雙手展開成大字型。仰望著雲朵在天空悠悠流動，感受近在身邊的生物氣息，覺得非常舒服。

這時我不經意注意到最重要的事情。

只要我有意願，直接留在這裡，以游牧民的身分活下去，並非完全不可能的事情。我清楚感受到自己擁有這份自由，要住哪裡都可以。這麼一想，心境就輕鬆無比。將自己束縛得難以動彈的，不是別人，正是我自己。

在這之前，我一直受到既有觀念所束縛，認為作家就應該是什麼樣子。但是躺在蒙古的大地上時，我才發覺那是多麼陳腐的觀念，就好像將自己關在狹窄房間一樣。如果當時沒有去蒙古的話，我或許到現在都還執著這些毫無根據的自我妄想。

從那之後，我盡量減少自己的物品量，將想到就能夠隨時出發去旅行視為生活準則。並將能從日常中誕生出故事，視為一種理想。

以前暫住在鎌倉，也是基於這樣的理由。果然，很多事情不實際住下就無從得知。熱鬧滾滾、擠滿觀光客的白日面貌，與只剩下居民生活的夜間面貌截然不同。不實際在這裡生活，就不知道夜晚的黑暗。最重要的，是以自己的肌膚去感受，以自己的身體去體驗。

事實上，這篇文章就是在鎌倉撰寫的。上次住在靠山的地方，這次我租了靠海的場所。雖然只住了短短幾個月，我卻連續獲得新發現。我看著大海心想，走一步算一步、跌跌撞撞的人生也頗有趣的。

三崎港的咖啡廳

住在鎌倉的週末，我稍微走遠一點前往三崎。從鎌倉到三崎口要轉乘三次電車，心情就好像遠足一樣。到達三崎口後又搭乘巴士，前往三崎港。

巴士比我預料的還要擁擠。這天是假日，而且好像有某個地方在舉辦祭典，因此完全顛覆了我想著肯定沒人的天真期望。儘管如此，我還是從人擠人的巴士車窗，遙望路邊攤上看起來很美味的蔬菜，盡情享受遠足氣息。拜訪陌生城鎮，無論何時都令人興奮。

前往事前向友人打聽的食堂，才發現那兒也大排長龍。雖然海風的寒冷令我數度縮起身體，但還是不斷忍耐著直到踏進店門。我吃了鮪魚赤身製成的生魚片定食後，就離開店家。

我之所以想去三崎港走走，是為了一間咖啡廳。據說這間巴士站前的咖啡廳二樓，擁有相當美好的景色。

滿懷期待地踏上階梯後，藍天就從窗外躍然進入視線。海洋像在歡笑般地璀璨閃耀著。

我邊享用咖啡歐蕾與草莓塔，邊閱讀從鎌倉車站前書店買到的書。戶外明明那麼寒冷，咖啡廳內卻在柴火暖爐與陽光下被烘得暖洋洋的。我讀著讀著就看一眼海洋，讀著讀著又看一眼天空，就這樣度過了極為幸福的時光。或許是因為我只有一個人，才能夠盡情享受如此奢侈的時間。等我注意到時，才發現時間已轉眼來到下午四點。

這天是滿月。夜晚，我和朋友們一起去茅之崎賞月。那裡好像有僅在滿月夜才開張的特別店家，讓大家能夠圍著篝火邊取暖邊賞月。客人幾乎都是當地人，徒步或騎自行車前來，我相當羨慕他們能夠離這麼棒的地方如此近。

我們先以美味的料理填滿胃袋，接著手持葡萄酒前往篝火。多麼美麗啊！漂浮在遼闊天空上的月娘，清晰浮現正在搗麻糬的兔子模樣。這天是傍晚小雪飛舞的寒冷日子，但是篝火讓我們不得覺那麼冷。隨著時間流逝，火焰逐漸沉靜，炭火在地面綻放出紅色的光芒。這些炭的形狀都圓得很漂亮，就好像天空也有滿月，地上也有血紅滿月一樣。為什麼盯著火光瞧，心靈就會平靜下來呢？沐浴在月光下享用的葡萄酒格外美味。在月亮盈缺伴隨下生活，或許人們也能夠更加幸福。

柿田川

我喜歡河川。因此在想筆名的時候，就想著要用川這個字。我覺得小河川比大河川更親切，就決定取名為小川。理由非常單純。

決定現在的住處時，河川也是關鍵。我一直想要住在河邊，眺望河川就會感到平靜。光是水的流淌，就令我感受到淨化作用。

回想過往，才想起仙台祖母家就在河川正旁邊。那是名為廣瀨川的大河，待在家中也能聽見川流不息的聲響。

夜間就寢時只要閉上雙眼，就能聽見河聲潺潺，簡直就像搖籃曲。早上起床時第一時間聽見的，也是河川的潺潺流水聲。

孩提時代的如此經驗，或許就是我愛上河川的原因吧？長大之後的我，總是下意識地追求著河川。

我喜歡的是未經護岸工程的自然河川，不是用混凝土補強過的河川，而是維持自然樣貌，岸邊長滿茂密野草，並隨著地形蜿蜒的河川。

但是，在現代日本要找到如此河川相當困難，流經我家旁的河川，當然也施有護岸工程。

我很想親眼看看自然河川，於是造訪了柿田川湧水群。人們視流經靜岡縣的柿田川為日本最美的河川之一。我從三島搭乘路線巴士，朝著柿田川公園前進。

柿田川的水完全源自於富士山的降雨與融雪，據說這些水滲入地底極深的位置後，經過兩百年才從地面湧出。這條河川有好幾處人稱「湧間」的出水口，會源源不絕地咕嚕咕嚕冒出水，簡直就像水母優雅起舞般。

據說一天湧水量多達百萬立方公尺，水透明得驚人，從這裡的兩座展望台俯瞰時，能夠看見藍色或綠色。

我數度深呼吸。閉上雙眼，將累積在體內的壞東西都吐出來，並將澄淨的空氣深深深吸進身體每一個角落。緩緩睜開雙眼後，欣賞河邊的茂密植物與嬉鬧鳥兒。

我經常覺得，若能活得像水就好了。化為水蒸氣、冷水、熱水、冰水，隨時適應環境，但是我絕對不可能變成水。能持續變化並支撐著萬物生命的水，多麼偉大啊。

要回家前，我雙手汲取湧水後喝下。美味得一言難盡。原以為會非常冰涼，事實卻非如此。水的滋味柔和順口，帶有些微的甘甜，就好像享用了從地球熬出的極品高湯。

九十九里的同志

有位攝影師朋友的工作室搬到了九十九里，所以我就規劃了過一夜的行程去找她。她從好幾年前就熱衷於衝浪，最後更是租了海邊的房子，連原本設在原宿的暗房都搬去九十九里，因此，現在經常在東京自宅與九十九里間來回。這次是我們久違的見面。

人人都會想要活得自由，但是我卻沒見過像她執行得這麼徹底的人。一動念就立刻出發去旅行，之所以在九十九里租房子，也是因為偶然來鎮上拍攝後愛上這裡的氣氛。當天就立刻去房仲公司看房子，隔天就簽約了。

她的丈夫想必很辛苦吧？但是人生只有一次，為了不要後悔而盡情去做自己想做的事——她無論何事都貫徹這種精神的模樣，總是提醒著我很重要的道理。此外，她對攝影師這份工作盡心盡力，是我尊敬的人之一。

來車站接我的朋友依舊很有精神，雖然睽違數年不見，卻絲毫感受不到時間的空白。我們一下子就回到了兩人自在相處的時光。

她是我的旅伴，兩人最長的一段相處時間，就是夏季去蒙古的那三週吧？我們當時就一起住在蒙古包裡。

至今回憶起那趟旅程都覺得痛苦，也確實讓我自己有所成長，變得更加堅強。若不是有她的陪伴，我肯定中途就投降回國了。那段住在蒙古包的日子裡，我每天晚上都哭喪著臉，心想：「明天就回家吧！」

「明天就回家吧！」

雖然現在可以當成笑話講，但當時真的很煎熬。一點蔬菜也吃不到，早午晚都只能吃肉而讓身體發出哀號，且蒙古包中的變形床墊還直接鋪在地面上，讓我實在無法習慣。

一天中唯一的樂趣就是到附近溫泉泡泥漿，藉全身塗滿泥漿來療癒身體。泡泥漿乍聽之下很好，其實只是臨時搭建的小屋，使用的也僅僅是旁邊的泥巴而已。

騎馬的話會墜馬，網路也完全接不通，不符心意的事情接連不斷。夜間冷得很想燒柴取暖，但是我用火柴不管怎麼點都點不起火，光是點不起火這件事情就令我震驚不已。

待在朋友在九十九里租的房子，有件讓我稍微聯想到蒙古包的事情。那就是她會從附近魚店買來鰻魚或金梭魚，再用烘爐生火烤來吃。我們啜飲著日本酒，聊了許許多多的事情。我擅自將她視為自己人生的同志。

好，出發！

早上用文化鍋煮飯。冰箱裡還有鹹鮭魚與昆布佃煮，所以我就拌在一起，捏成飯糰。下次在這個廚房煮飯，預計是半年後的事情。晾了洗好的衣物、開啟換氣扇、折好被褥、確認門窗都鎖好了。不知道去過幾次柏林了，但是這次出發的意義與以往略有不同。我最後再檢查一次，確認沒有忘記帶的物品後，就與外子帶著愛犬一起踏出家門。

我在俄羅斯上空吃掉了飯糰。在一切都是無機質的飛機中享用飯糰，能夠讓我記起自己還是活生生的人類。果然帶上飯糰是非常正確的。

在赫爾辛基轉機前往柏林。在登機口等待往柏林的飛機時，心情突然放鬆了。光是意識到這裡的所有人都會在柏林下機，就有種奇妙的親近感。

從登機口搭巴士前往飛機時，因為我帶著狗狗，所以有位穿著紅色羽絨外套的年輕女性，將位置讓給我們。我微笑道謝。雖然我還完全不會說德文，但是至少能夠保持笑容。

不知何時開始，我已經不是以觀光客的身分前往柏林，而是秉持一種試圖紮根的心態。但是柏林現在面臨房屋不足的困境，據說很難找到房子。柏林房租很貴，一旦有好物件釋出，似乎就會有一兩百人表示有意願，所以想要找到房子幾乎是不可能的。

我原本已經半放棄了，沒想到卻剛好能承接朋友所租的房子。心想事成，說的就是這樣的事情。既然如此，我便決定前往柏林了。

我和搬回日本的朋友擦身而過，這次換我住進了他們在柏林的公寓。多麼幸運啊！

多虧朋友留下了冰箱、洗衣機、桌椅、床與餐具等最基本的物品，儘管多少有些不便，但是來到柏林第一天就能夠正常生活，真是輕鬆多了。至今為止，我總是在輾轉於許多人的家，甚至有過不得不在一個夏天搬家三次的日子，當時真的承受了沉重的心理壓力。這次是自己的家，所以能夠平靜生活，獲得的安心感遠超過想像。

人生就像在玩雙六（透過執骰子決定步數、比賽誰先抵達終點的日本傳統遊戲）。我深信有些景色是不將棋子走到該處，就看不見的。

戀上柏林

我在三月來到柏林的時候，整座城市灰濛濛的，還殘留濃厚的冬日風情。公園樹木與公寓中庭的樹木都光禿禿的，展現出清冷的模樣。儘管如此，一回神就發現公寓前的公園，轉眼已鬱鬱蒼蒼。

我居住的是人稱「老建築」的舊公寓三樓，沒有電梯。坦白說要扛著沉重行李上下樓梯真的很辛苦。有時候會想外出喝酒回家時，若有電梯可以搭是多麼輕鬆啊！儘管如此，仍想繼續住在這棟公寓，是因為眼前就是公園，能夠透過窗戶看見宜人的景色。拚命爬上樓梯回到家，透過窗戶看見好像正欣喜隨風搖曳的林木，疲勞都一哄而散。

對我來說有個「戀上柏林的瞬間」，至今仍銘記在心，那是九年前第一次因公而來到柏林的時候。

當時是傍晚，一天的取材工作結束後，我在某間店簡單用餐休息一下。和我同行的有協調員、編輯還有攝影師。那是間販售土耳其料理的小店，店內有些昏暗。

我已經不記得當時吃了什麼，但是記得飯後放空望著店前馬路所看見的景色。

那是條緩坡，緩坡的另一側是公園，一位女性騎著自行車颯爽而下。她的裙擺隨風飄盪，雙手確實握著龍頭把手地筆直前進，臉上露出很舒服的表情。

多麼美麗的臉龐啊，簡直就像對整個人生感到喜悅般。她騎著自行車颯爽經過，而在那身影映入眼簾的瞬間，讓我愛上了柏林。

我一直不知道自己是在哪裡看見這幅景象的。因為當時的我對柏林毫無概念，對於自己所在的區域模模糊糊。

但是，前幾天從語言學校下課後，當我為了簡單解決午餐而踏進公寓一樓的土耳其餐廳瞬間，就解開了長年的謎團。

遠在天邊，近在眼前，原來九年前讓我愛上柏林的地點，就是現居公寓一樓的店；也就是說，我就住在當時令自己愛上柏林的公寓裡。

多麼巧合啊！無論柏林多麼小，但是我人生中的重要地點竟然重疊，幾乎可以說是奇蹟了。這裡肯定是與我非常有緣的場所吧？

凱薩琳的信

打開郵箱一看，發現有一封信。原以為是帳單，不過，一看到是手寫的收件資訊就鬆了口氣。

信封紙質如同和紙般柔細，還貼著兩張愛心圖案的郵票。光看收件人資訊的筆跡，我就知道是誰寄來的。

翻過來一看，後方貼著印有寄件者地址與姓名的貼紙。是凱薩琳寄來的。凱薩琳住在瑞士，是我最高齡的朋友。

我和凱薩琳的相遇，現在回想起來仍覺得不可思議。那是在南印度的某間飯店，而且還是在泳池區的按摩池。我和朋友們為了阿育吠陀按摩而投宿這間飯店，當天下午也跑到泳池戲水。

後來身體有些冷，我們就前往按摩池溫暖身體，那時，凱薩琳已經在那裡了。她一頭美麗的白髮剪成妹妹頭，戴著墨鏡，身著醒目的泳裝。當時是凱薩琳主動搭話的，我們在按摩池裡漫無邊際地閒聊。

然後，凱薩琳突然哭了出來。我們詢問原因後才知道，她長年相伴的丈夫在幾週前過世了。她想努力接受丈夫過世的事實，就來印度療癒身心。原本是打算和朋友一起來的，但是朋友突然有事取消，凱薩琳便獨自住在這間南印度的飯店。

她流著淚告訴我們在這之前一直很孤單，讓我們也一起在按摩池裡哭了出來。我不禁在心裡想著，肯定是凱薩琳的亡夫指引我們與凱薩琳相遇吧。

那之後，我們與凱薩琳一起上瑜珈課、用餐，也會約在泳池見面。凱薩琳的好奇心旺盛得讓人難以想像她已經九十歲了，可愛得不得了，所以我非常喜歡凱薩琳。

次月，我偶然接到了要去瑞士的工作，所以便與凱薩琳約在洛桑市見面。凱薩琳招待我到她家享用午餐，整棟房子充滿了她與亡夫的回憶，簡直就像凱薩琳的寶箱。

我和凱薩琳只見過兩次面而已。第一次是在南印度的飯店，第二次則是在她家。儘管如此，凱薩琳對我來說仍是無可替代的朋友，我打從心底覺得凱薩琳可愛。

總覺得她信上的筆跡與以前不同，肯定是在身體舒服的時候，邊想著我邊努力寫出來的吧？

絆腳石

我在自家附近閒晃時，經常看見方形金屬板埋在大道上。來柏林數次後就已經完全習慣了，這些金屬板其實叫做「絆腳石」。金屬板長寬均為十公分左右，表面刻有人名、出生年、逝世年與逝世場所。這些都是在納粹政權中慘遭殺害的人們，絆腳石就埋在犧牲者住過的公寓前方，有時會看見六人份的絆腳石排在一起。

那是住在科隆的藝術家德姆尼希展開的活動，不僅在柏林看得見，如今也擴散到德國以外的歐洲各國。我每次外出都一定會看見絆腳石，腦中便浮現戰爭的事情。他們並未大聲疾呼，而是藉著絆腳石靜靜述說每個人的一生。

另外還有「歐洲被害猶太人紀念碑」，與絆腳石一起提醒國民，德國曾為戰爭加害者的事實。在兩萬平方公尺的廣場，建有兩千七百一十一座高度各異的石碑，人們能夠在石碑間自由走動。

我也曾數度造訪這座紀念碑，在紀念碑所在的場所深刻感受到德國人的強烈意志。紀念碑的所在是在德國數一數二、形同日本銀座的地段。附近有座布蘭登堡門，國會議事堂也近在咫尺。

他們刻意將這種令人想逃避的事實，設在全國最高級的地段，讓我感受到他國望塵莫及的覺悟。他們藉由親口述說自身罪惡直到永遠，表達出自己的反省。

因此，身處這樣的德國，感覺和「想起曾發生過戰爭」有些許不同。戰爭的紀錄與記憶，經常出現在德國人的日常之中，讓他們從未有不小心忘記的時刻，自然不會有「想起」這種行為的存在。

不僅如此處理曾為戰爭加害者的事實，德國曾為受害者的事實也一併如實留下了。二〇一六年曾發生恐怖攻擊的聖誕市集附近，有座威廉皇帝紀念教堂，便保留了曾在戰時轟炸後的模樣。德國不會遮掩曾經發生過的事情，而是為了今後的和平，直視曾經的殘酷。或許是因為這樣，現代德國人才能夠抬頭挺胸地表達自己的意見。

會完整保留一切的德國，與讓一切隨風而逝的日本，是最好的對比。

守喪明信片

開始收到守喪明信片時，就會實際感受到年底將至。守喪明信片的內容幾乎都差不多，通常是「守喪中將暫停年初的問候，敬請見諒」。接著就會列出誰在幾時、幾歲時過世，最後以感謝在世時的關照或問候作結。

日本人在決定寄發守喪明信片的對象時，首要決定關鍵是亡者的二親等，但是並沒有明確的規範。還是會搭配故人的關係親近度、是否曾同住等去判斷。

我當然知道這件事情，但是幾年前還是有張守喪明信片讓我嚇了一跳。因為記有故人資訊的地方，寫著的名字不是人的，而是狗的。當時我家還沒有養狗，所以驚訝得不得了。坦白說，當時覺得這也太誇張了吧？

但是當狗狗進入我的生活後，就深切體會了飼主的心情。未來百合根過世的話，恐怕我也不會有祝賀他人新年快樂的心情吧？我以前只是單純知道有人將犬貓視為家人，實際養狗後才體會到「牠們就是不折不扣的家人」。立場改變之後，看待事物的角度也徹底顛覆了。

前幾天我上完習字課後，與一起上課的朋友吃飯時談到這個話題。聊到近期不僅有人會為寵物寄發守喪明信片，還有人為寵物舉辦告別式時，並邀請家人以外的列席者。

該穿著喪服前往嗎？要帶佛珠前往嗎？白包要包多少錢呢？這些都令我們興致盎然，聊得非常開心。

為過世寵物辦告別式的時候，還邀請幾乎沒見過寵物的親朋好友或鄰居，實在是做得太過火了——雖然我們把這件事情當成笑話，但是就算現在表面上笑著，內心卻有個笑不出來的自己，想著若換成是我的話，或許也會舉辦告別式吧？
墳墓也是如此。我有很長一段時間認為自己不需要墳墓，遺骨只要直接埋在某個地方就好，不需要設置墳墓。但是養狗之後想法就改變了，總覺得想和愛犬埋在一起。這樣的變化，連我自己都感到訝異。
我家愛犬現在兩歲，距離寫守喪明信片還很久，但或許轉眼就到了吧？生老病死難以避免。我看著剛收到的守喪明信片，不禁思考起這些事情。

懷念的記憶

孩提時代，初雪的早晨都很快樂。

我生長的山形市，是大量降雪的地區。不知為何，早上醒來的瞬間就能感受到初雪的日子來了，要說是對初雪的預感也不為過吧？不知道該說是空氣變了？還是該說感受到雪了呢？總之隔著障子會覺得戶外特別亮，雪也會帶來略為爽朗的氣味。沒錯，雪也是有氣味的。

抱著預感、自信滿滿地拉開障子，果然眼前盡是雪白的世界。「太好了！」我會在內心歡呼。昨天還是充滿了黑色與灰色的世界，經過一個晚上，就搖身一變成為銀白世界。無論是污穢的、還是醜陋的，雪都能夠徹底掩埋。

所以，我至今仍期待著下雪。雖然鮮少像童年那樣在早晨遇見初雪，才一個晚上景色就截然不同，但是雪對現在的我來說，仍然是柔和溫暖的存在。孩提時代曾經歷過的初雪早晨，是我最懷念的記憶。所以這個冬天不禁悄悄期待著，是否能夠在柏林重溫舊夢。柏林的冬天經常下雨，但是既然要下雨的話，不如乾脆下雪好多了。

柏林真正的冬天會在十一月造訪。想到再隔一個月就是聖誕節了，就能努力撐過十一月了。到了十二月，整座城市都充滿燈光藝術，造訪聖誕市集也樂趣十足。但是聖誕節結束後的一月與二月，歡樂就跌到谷底，只剩下忍耐忍耐忍耐而已。要到進入三月，柏林才終於有春天的徵兆降臨。

如果我沒經歷過東北，而且還是日本海這一側的冬季，肯定沒辦法順利度過柏林的冬天吧？但是我曾經歷過非常嚴酷的寒冬，而且也知道在嚴苛氣候當中，仍有像初雪早晨這樣的小確幸。

現在早起等待黎明是我一天中最大的樂趣，雖然大部分黎明時天色都很沉重，但也曾遇過朝陽染紅天空的美麗景色。這時就會覺得自己賺到了。

我在二三十歲時度過的東京冬天，每天都看得見蔚藍天空。我很喜歡東京的冬季，覺得冬天的青空是最美麗的。

不過，再度體驗柏林這種厚重的冬季後，不禁認為偶爾才出現的「青空」，比每天理所當然出現還要有趣。因為每天早上開獎才能夠知道結果，比較刺激。

人生肯定也是如此吧？愈了解柏林的冬天，對太陽就更加感謝，也更加熱愛。

故事的種子

我在撰寫故事時，會特別注意要寫得自然。自然中存在著相應的時間流動。舉例來說，就像植物的種子生根、萌芽到開花之間的時間。舉例來說，是製好味噌後等待熟成變美味的時間。我們不能無視時間流動，突然要求種子明天就開花，或是要求味噌馬上熟成。想這麼做的話就必須透過人工且不自然的力量強行實現，這就是違反自然定律的行為。

我在寫作時會特別留意的，就是要讓故事像自然產物般誕生。我腦中想像的是稻作，初夏插秧、整個夏季仔細照顧、秋季收成、冬季休耕，等到初夏時再度插秧——就像這樣不斷反覆。

我習慣先切割出大概的季節，再順應大方向撰寫。剛開始我不會特別切割，會順應靈感一直寫下去。雖然當下能夠靠瞬間爆發力完成，卻會後繼無力。於是，完成一部作品後便會精疲力盡，得花很長一段時間才能再寫下部作品。

我發現從結果來看，這麼做很沒效率，反而放慢步調每天輕鬆地寫，才不會過度消耗體力，也能夠長久持續。對我來說，首要目標就是持續創作，為此最重要的就是不能夠勉強。

在一年當中，我最能專注寫作的就是冬天。單純是因為相較於寒冷，我比較害怕炎熱，所以冬天時比較能夠集中精神。春天就是重新閱讀與校潤的季節，夏天則會讓身體徹底休息，將目光放在外界，盡情接受外來的刺激。然後作品會在秋天時出版，冬天再度來臨時，就動筆撰寫新作品。當然，不是每次都能夠順利地按照這個規律，但是整體大致上是如此。

這個流程就像懷孕生子一樣。事實上，對我來說寫作就像在自己體內孕育新生命。雖然我沒有生過小孩，但是總覺得撰寫故事就像在體驗生產。撰寫故事的期間，就如同懷著孩子，最初只是似有若無的渺小存在，卻日復一日地慢慢成長，最後離開自己的身體。接著，我又會再度孕育新的故事種子，周而復始。作品就是我自己的孩子，所以作品翻拍的影劇作品，就像我的孫子一樣。翻譯成外文時，就像請代理孕母幫我生孩子一樣。從旁守候生產過程的編輯，則是讓我感到安心的助產士。

一針見血

去年秋天有兩本新作幾乎同時發行，加起來共舉辦了四場簽書會。我平常幾乎沒有直接見到讀者的機會，因此，能夠藉由簽書會與讀者們一一交流，可以說是出奇幸福的一件事情。

我在撰寫作品時總是期望，無論我寫的是什麼樣的內容，都能夠對讀者人生中各方面帶來幫助。既然有人願意撥出一部分的人生，閱讀我的作品，那麼，就希望這本書能夠為讀者的人生帶來益處。可以的話，我希望讀者會想將我的書擺在書架上，發生什麼事情的時候就拿來翻一翻。

當時有位九歲的小女生讀者，帶著信來到京都的簽書會。

「糸女士的書裡，經常描寫原本陷入煎熬的主角重新振作，這是為什麼呢？」

隔天早上拆開信封後，發現裡面這麼寫著。用鋼筆寫出來的字跡，漂亮工整得連大人都要汗顏。

確實一針見血。雖然我自己並非刻意這麼寫，但是結果就是會寫出重新振作的故事。或許是因為我自己就是如此。我希望讀者讀完故事闔上書後，能夠感受到明亮的光。

「人生雖然甘苦萬千，但是總會過去的，別擔心。」我希望讀者閱讀完後能夠聽見這樣的聲音。

人生會在出乎意料的情況下，違背本意地遇到難過、煎熬、難以接受或是不如意的事情。就算看起來活得順遂，雙腿可能正在他人看不見的水中努力拍打著。遇到無可避免的人生災難時，會陷入黑暗世界感到絕望，但是同時也能夠抱持希望，將臉孔朝向光明的方向。

我認為正是這種時候，就算僅能看到遠處微弱的光線，只要能夠朝著亮處前進就值得高興。我夢想著自己的作品能夠成為推動讀者的力量。就像植物會朝著光源萌芽，觸動心靈讓人得以朝向光明的力量，在人生中也非常重要，不是嗎？

痛苦的時候，更應該開朗大笑。如此一來，就能夠為更痛苦的人帶來希望。哀嘆現狀淚流滿面，是解決不了任何事情的。但是開朗健康地打造樂觀的每一天，就會注意到自己的人生絕對不只有黑暗。

我肯定是想透過故事，向讀者傳達這樣的信念吧？

些微的餘裕

開始在柏林生活至今，差不多一年了。就像樹葉般柔軟地隨風飄蕩，我順水推舟地來到了柏林。原本打算在日本與德國間來來回回，汲取各自的優點，結果這一年大半的時間都在柏林度過。

我在日本還保有住處，想回去隨時能夠回去的輕鬆感很不賴。真的想回去的話，明天就可以回去了。所以若有人說我搬到德國的話，我會用力搖頭否認。我還沒決定要在柏林待多久，總之模模糊糊地想著，就待到討厭德國為止吧。我不知道未來的世界，會陷入什麼樣的狀況，也可能某天因為個人狀況而無法像這樣跑來跑去。人生中有太多不確定的事情，所以還是隨風飄舞就好。

儘管抱著這樣的心態，這一年中每天的生活還是很充實。待在柏林的日常也很值得享受，能夠體驗到腳踏實地活著的感覺。從無時不刻被積極推銷的生活中解放之後，每天都有仰望天空的心情了。

日本與德國究竟哪裡不同呢？對此，我找出了屬於自己的答案，那就是「餘裕」。算不上是非常大的差異，但是待在德國時，心情會比待在日本時多了些餘裕。

德國的所有國民都有義務加入幾種健康保險，所以醫療不必花錢。就算生了場大病住院，也幾乎不需要負擔什麼費用。此外，生產不需要花錢，產後休養也有相當充足的保險能夠支應。再加上他們上大學之前的教育都是免費的，簡單來說，只要能夠確保日常開銷，就不會有什麼大筆支出，多餘的金錢能夠拿來四處旅行。

當然，既然社會保障如此充實，他們要繳的稅也很高。德國已經有完整的機制，讓國民明白繳出去的稅都會確實回到自己身上，因此都願意接受。

此外，政治也建立在國民生活的延長線上。當然德國也面臨各式各樣的問題，但是我認為他們對當權者的重視程度，是日本應學習的事情之一。

前幾天我在等斑馬線的紅燈時，與道路另一側停下自行車的女性四目相交。她的穿著絕對稱不上高級，但是卻穿得很適合自己，渾身充滿了魅力，讓我不禁盯著她瞧。後來我們互相微笑後，便擦身而過。

所謂心情上多一點餘裕，就是像這樣的感覺。

後記

前幾天不經意看了眼佛像的臉，發現佛像的眼神非常慈祥。我思考著佛像本來就這麼慈祥嗎？後來發現，或許不是佛像的表情變了，而是我自己的心境產生了變化。

每日新聞邀我在週日版展開一週一次的散文連載時，坦白說我覺得負擔很重。我常認為散文就該由散文作家來寫，而且，我的日常生活很平淡，沒什麼值得一寫的地方。

會寫下母親的事情，有一部分也是因為只剩這些事情可以寫了，所以不得不寫。但從結果來看，這麼做反而幫助我和過去的自己面對面，接受自己的過往後，有種清算了某種事物的感覺。

本書就像是將我內在的針與線，毫無保留地掀出來一般。

編織故事就如同一針一線縫製，最終問世的文字是線，但是光憑線的話什麼也留不住。線，必須借助針的力量才能實現自己的功能。針亦同，光有針的話幾乎沒有功用，必須用線穿過那小小的孔洞後，一起接觸布料才能夠發揮針的功能。針與線是相依相存的。

所以不管是只有針，還是只有線，我都寫不出故事。對我來說，針與線都是我不可或缺的工作用具。我今後也想同時珍惜針線，帶著它們繼續往前邁進。

每日新聞出版的柳悠美小姐，從我開始撰寫連載的時候，就經常以溫柔的話語鼓勵我，真的非常感謝關照。以作家的身分出道至今十年，我很慶幸能夠在這算是小小里程碑的一年，用這樣的方式正視自我。由衷希望本書能夠為讀者的人生或日常，多少帶來一些幫助。

二〇一八年秋　於早晨美麗的火紅天空下

初出　每日新聞「日曜俱樂部」二〇一六年十月二日～二〇一八年三月二十五日

針と糸

針與糸

作　者　小川糸
譯　者　黃筱涵
發 行 人　林隆奮 Frank Lin
社　長　蘇國林 Green Su

出版團隊
總 編 輯　葉怡慧 Carol Yeh
日文主編　許世璇 Kylie Hsu
企劃編輯　許芳菁 Carolyn Hsu
責任行銷　朱韻淑 Vina Ju
封面裝幀　白日設計
插　畫　高妍 Gao Yan
版面構成　黃靖芳 Jing Huang

行銷統籌
業務處長　吳宗庭 Tim Wu
業務主任　蘇倍生 Benson Su
業務專員　鍾依娟 Irina Chung
業務秘書　陳曉琪 Angel Chen
　　　　　莊皓雯 Gia Chuang

發行公司　精誠資訊股份有限公司
　　　　　悅知文化
　　　　　105台北市松山區復興北路99號12樓
訂購專線　(02) 2719-8811
訂購傳真　(02) 2719-7980
專屬網址　http://www.delightpress.com.tw
悅知客服　cs@delightpress.com.tw
ISBN：978-986-510-100-8
建議售價　新台幣330元
首版一刷　2020年09月

國家圖書館出版品預行編目資料

針與糸／小川糸著；黃筱涵譯．--初版．--臺北市：精誠資訊,2020.09
面；　公分
譯自：針と糸
ISBN 978-986-510-100-8（平裝）

861.6　　　　109013148

建議分類｜翻譯文學

線上讀者問卷

閱讀時眼睛舒服嗎？拿久了會覺得手痠嗎？
茫茫書海中，你能與這本書相遇，絕非偶然。
想知道你喜歡哪些內容？
小小聲問，喜歡這本書的包裝與封面設計嗎？(我們很喜歡)

悅知夥伴們有好多個為什麼，
想請購買這本書的您來解答，
以提供我們關於閱讀的寶貴建議。

請拿出手機掃描以下 QRcode
或輸入以下網址，即可連結至本書讀者問卷

https://bit.ly/3gbF58o

填寫完成後，按下「提交」送出表單，
我們就會收到您所填寫的內容，
謝謝撥空分享，
期待在下本書與您相遇。

針與糸
小川糸